BASTEI LÜBBE G.F. UNGER IM
TASCHENBUCH-PROGRAMM

45 225 Beaver Kelly
45 226 Kriegerehre
45 227 Jessup
45 228 Verdammter Befehl
45 229 Rubins Saloon
45 230 Die Rache der Lily Brown
45 231 Hope City
45 232 Mescalero-Fährte
45 233 Sallys Mine
45 234 Arizona-Fehde
45 235 Einsamer Job
45 236 Queens-Reiter
45 237 Fährte der Wölfe
45 238 Keine Gnade für Carlos
45 239 Todesengel
45 240 Dukes Gesetz
45 241 River-City-Marshal
45 242 Die Chancenlosen

G.F. UNGER

Er kam von Tonto Rim

Western-Roman

BASTEI LÜBBE TASCHENBUCH
Band 45 243

1. Auflage: Dezember 2002

Vollständige Taschenbuchausgabe

Bastei Lübbe Taschenbücher ist ein Imprint der
Verlagsgruppe Lübbe

Originalausgabe
All rights reserved
© 2002 by
Verlagsgruppe Lübbe GmbH & Co. KG,
Bergisch Gladbach
Lektorat: Will Platten
Titelillustration: Royo / Norma Agency, Barcelona
Umschlaggestaltung: QuadroGrafik, Bensberg
Satz: Heinrich Fanslau, Communication/EDV, Düsseldorf
Druck und Verarbeitung:
AIT, Trondheim AS, Norwegen
Printed in Norway
ISBN 3–404–45243–7

Sie finden uns im Internet unter
http://www.bastei.de
oder
http://www.luebbe.de

Der Preis dieses Bandes versteht sich einschließlich
der gesetzlichen Mehrwertsteuer

Tonto Rim, so nennt man den Rand der mächtigen Mogollon Mesa in Arizona, auf der die Tonto-Apachen lebten.

Vom Tonto Rim kann man in das mächtige Tonto Basin blicken. Und fast alle Menschen halten dabei den Atem an, sind verzaubert von der Schönheit der Ebene zu ihren Füßen, in der es damals noch Bären, Pumas und Truthähne gab und natürlich auch allerlei anderes jagdbares Wild.

Im Tonto-Becken – diesem gewaltigen Tal – fanden immer wieder Kämpfe und Fehden zwischen Rinderzüchtern und den Besitzern riesiger Schafherden statt.

Beide Seiten warben Revolvermänner an.

Eines Tages kam auch der Revolvermann Clay Brody vom Tonto Rim herunter ins Becken. Doch er kam nicht als angeworbener Revolvermann, sondern aus einem anderen Grund.

Dies hier ist seine Geschichte.

1

Es war in der kleinen Silberstadt Silver Hole, als mich die drei Bullock-Brüder im Silver Hole Saloon einkeilten.

Sie wollten sich die tausend Dollar verdienen, die ein reicher Schafzüchter auf meinen Skalp ausgesetzt hatte. Doch Skalp, dies war symbolisch gemeint. Er wollte meinen Revolver, den er gut kannte. Denn damit hatte ich seinen Sohn getötet, der einen Silbertransport überfiel, den ich beschützte.

Ich sah sie im Spiegel, der hinter der Bar hing.

Und sie sahen mich.

Einer stieß einen wilden Schrei der Freude aus. Denn die tausend Dollar Kopfgeld schienen ihnen nun leicht verdientes Geld.

In mir war eine Menge Bitterkeit. Ich hatte einen Schaf-Rinder-Krieg hinter mir und für die Rinderzüchter gekämpft. Dann war ich fortgeritten mit meinem Revolverlohn und glaubte, alles hinter mir gelassen zu haben.

Doch nun hatte es mich doch wieder eingeholt.

Ich erkannte die Bullock-Brüder sofort. Das war nicht schwer, denn sie glichen sich äußerlich wie Bulldoggen.

Im Saloon wurde es plötzlich still, so als hielte alles den Atem an.

Denn die drei Bullocks wirkten nicht wie Gäste, die wegen eines Drinks hereingekommen waren.

Sie stellten sich zu dritt hinter mir auf.

Dann bellte Slim Bullocks heisere Stimme: »He, Brody, dreh dich um, verdammt! Glotz uns nicht im

Spiegel an! Unser Bruder Fess wartet schon lange auf dich in der Hölle – zu lange!«

Ja, es war etwa sieben Wochen her, als ich die Rinderzüchter-Mannschaft gegen die Mannschaft der Schafzüchter führte, deren harter Kern die vier Bullocks waren.

Sieben Wochen ...

Und sie reichten nicht aus für mein Davonkommen.

Die Schatten auf meiner Fährte hatten mich eingeholt.

Und ich wusste, wenn ich mich umdrehte, dann würden sie mich umzubringen versuchen. Sie wussten, dass ich schneller ziehen und schießen würde als jeder von ihnen. Und so würde es kein faires Duell werden. Sie würden zu dritt gegen mich ziehen.

Mehr als zwei von ihnen konnte ich nicht schaffen.

Der dritte würde mich töten.

Und so war das für mich der Tag des Sterbens.

Ich nahm noch mal das Glas in die Hand, führte es an den Mund und leerte es.

Ja, ich war davon überzeugt, dass dies jetzt mein letzter Drink war.

Ob ich Fess Bullock wirklich in der Hölle wiedersehen würde?

Denn in die Hölle kam ich gewiss. Das konnte gar nicht anders sein.

Ich gehörte nicht zu den Reinen und Guten. Denn ich tat zwar Gutes, doch dies auf böse Weise. Aber das tun im Krieg wahrscheinlich alle, weil jeder für etwas kämpft, an das er glaubt.

Oder ist das nicht so? Irre ich mich da?

Nun, ich leerte also das Glas.

Als ich es auf den Schanktisch stellte, da sprach eine ruhige Stimme scharf:

»Lasst eure Waffen stecken! Oder ich schieße mit! Und ich bin der Marshal von Silver Hole!«

Im großen Spiegel hinter der Bar sah ich ihn. Ja, er trug einen Marshalstern und hatte in der Ecke des Raumes inmitten einer Pokerrunde gesessen. Nun hatte er sich erhoben und kam einige Schritte weiter nach vorn, verhielt dann im Gang zwischen den Tischen.

O ja, er gefiel mir von Anfang an. Doch wer konnte sich darüber wundern? Denn er kam mir ja schließlich zu Hilfe, indem er sich einmischte.

Schon allein deshalb war er mir von Anfang an sympathisch. Doch da war noch etwas anderes: Er sprach wie ein Texaner. War also ein Landsmann von mir. Und seit Alamo hielten die Texaner überall zusammen. Das gehörte zu unserer stolzen Geschichte.

Aber die drei Bullocks zeigten sich nicht besonders beeindruckt. Sie waren ein eingespieltes Trio, und dies zeigten sie sofort.

Einer wandte sich dem Marshal zu.

Die beiden anderen warteten darauf, dass ich mich umdrehen würde.

Und jener, der den Marshal anstarrte, der sagte heiser: »Misch dich nicht ein mit deinem Blechstern.«

»Doch, das werde ich«, erwiderte der Marshal. Seine Stimme klang nun noch ruhiger und schleppender, ganz und gar texanisch.

Ich sah ihn im Spiegel an und sprach: »He, Marshal, das sind die Bullocks. Wenn Sie sich hier einkaufen, dann wird es nicht leicht für Sie. Und sie stinken nach Schafen, mein Freund.«

Was ich zuletzt sagte, war eigentlich keine Beleidigung. Ich erwähnte die Schafe nur, um klar zu machen, zu welcher Sorte die Bullocks gehörten, nämlich zu der Partei der Schafzüchter, die mit ihren sich schnell vermehrenden Herden den Südwesten zu erobern versuchten.

»Ich weiß«, sprach der Marshal. »Denn ich kann ihren herben Duft wittern.«

Ja, er sagte »herben Duft«, nicht Gestank. Er wollte sie absolut nicht beleidigen.

Ich konnte nicht mehr länger warten, denn es war genug geredet worden, und die Bullocks waren von ihrem Vorhaben nicht abzubringen.

Und so wirbelte ich herum und schoss dabei unter meinem linken Arm hindurch. O ja, ich traf einen der Bullocks mit dem ersten Schuss, dann den zweiten, in dessen Mündungsfeuer ich sah, indes ich mein Herumwirbeln vollendete. Seine Kugel brannte nur wie ein Peitschenhieb über meine Rippe.

Ich dagegen hatte gewonnen, das erkannte ich sofort.

Und der Marshal?

Die Frage schoss jäh durch meinen Kopf.

Denn auch er und der dritte Bullock hatten geschossen. Sie waren noch eingehüllt von ihrem Pulverdampf, so wie ich und die beiden anderen Bullocks auch, obwohl diese ja umgefallen waren.

Der Marshal und der dritte Bullock standen noch – aber sie schwankten. Keiner von ihnen bekam den Revolver mehr hoch. Es schien, als würden die Waffen für sie zu schwer geworden sein.

Dann sanken sie beide fast gleichzeitig auf die Knie und fielen nach vorn.

Heiliger Rauch, es war vorbei.

Einige Gäste im Saloon begannen zu niesen, weil der Pulverdampf ihre Nasen reizte.

Eine heisere Stimme sagte: »O Vater im Himmel...«, dann brach sie ab.

Ich hielt mir die schmerzende Seite und trat näher zum dritten Bullock und zum Marshal.

Der rotköpfige Bullock war tot, das sah ich sofort.

Doch den Marshal hörte ich stöhnen.

Und so rief ich scharf: »Gibt es einen Doc in dieser verdammten Stadt?«

Es war der Barmann, welcher erwiderte: »Drei Häuser weiter...«

Ich sah auf den stöhnenden Marshal nieder und schätzte sein Gewicht ab. Doch er wog gewiss so viel wie ich, nämlich mehr als achtzig Kilo trotz aller sehnigen Hagerkeit.

Ich würde ihn nicht schonend tragen können.

Und so deutete ich auf zwei der Gäste, die ich für Silberschürfer hielt ihrer Kleidung nach. »Helft mir! Wir hängen die Tür dort drüben aus, die wohl zum Hof führt, und tragen ihn auf der Tür wie auf einer Bahre.«

Sie gehorchten sofort. Denn sie hatten mich kämpfen und überleben gesehen. Ich besaß ihren ganzen Respekt.

Der Doc war ein tüchtiger Mann, was Schusswunden betraf. An der Wand hing sein Bild, welches ihn als Feldarzt der Konföderierten zeigte. Über der Uniform trug er eine weiße, vorn offene Jacke oder einen kurzen Kittel.

Ich sah ihm zu, wie er die Kugel aus dem Bauch des Marshals holte, dann die Wunde versorgte. Er hatte das

Einschussloch aufschneiden müssen, um an die Kugel herankommen zu können.

Nun nähte er die Wunde zu. Auch meine Streifwunde versorgte er.

Dann sahen wir uns an. Ich brauchte nicht zu fragen, denn er sah die Frage in meinen Augen. Seine Lippen verzogen sich unter dem weißen Schnurrbart zu einem Lächeln, welches seine Zufriedenheit erkennen ließ.

Dann sagte er: »Er wird es schaffen in einigen Wochen. Die Kugel hat nichts von seiner Leber zerrissen. Ist er Ihr Freund?«

»Das wissen wir noch nicht«, erwiderte ich. »Doch ohne seine Hilfe wäre ich tot. Ich bin ihm eine Menge schuldig.«

Der Doc nickte. Ich aber fragte: »Wie ist sein Name?«

»Farley, Tom Farley. Und Ihrer?«

»Brody, Clay Brody.«

Er betrachtete mich noch einmal prüfend und fragte: »Texasbrigade?«

Ich nickte.

»Welchen Rang?«

»Captain«, erwiderte ich.

Nun nickte er und deutete auf den immer noch bewusstlosen Tom Farley. »Dann müssen Sie ihn kennen.«

Ich trat nochmals an das Krankenbett und sah auf Tom Farley nieder.

Er war ein dunkelhäutiger Typ, einer von der Sorte, die niemals einen Sonnenbrand bekommt. Auch seine Haare waren schwarz. Er war ein indianerhafter Mann.

Nun begann ich mich an ihn zu erinnern.

»Er trug damals einen schwarzen Vollbart«, sagte ich zum Doc. »Und er war Lieutenant und Adjutant bei Stonewall-Jackson. Aber wir hatten nichts miteinander zu tun. Ich versorgte die Armee mit Rindern und Pferden, die ich den Yankees stahl. Ich war der erfolgreichste Pferde- und Rinderdieb der Rebellenarmee.«

Ich sprach zuletzt mit einem Klang von Ironie.

Der Doc grinste. »Dann wurden die Patienten in meinem Lazarett manchmal mit Ihren Steaks gefüttert«, sprach er.

Ich nickte nur, aber dann sagte ich doch: »Darauf bin ich stolz. Aber heute würde ich als Pferde- oder Rinderdieb gehenkt werden.«

Er nickte heftig.

Dann deutete er auf Tom Farley. »Für den können Sie jetzt nichts tun. Der hat viel Blut verloren und wird Wundfieber bekommen. Aber vielleicht wird er Sie in drei oder vier Tagen erkennen, wenn Sie ihn dann besuchen.«

»Das werde ich bestimmt, Doc. Ich bleibe in dieser Stadt, bis ich ihm gesagt habe, dass ich ihm etwas schuldig bin.«

Der Doc betrachtete mich ernst.

Dann nahm er den Marshalstern vom blutigen Hemd, welches er ihm vom Leibe schnitt und zu Boden warf.

Er hielt mir den Blechstern hin. »Nehmen Sie ihn. Treten Sie an seine Stelle. Ich werde vor den drei Stadträten bezeugen, dass er Sie zum Deputy ernannte. Diese verdammte Stadt braucht einen Marshal. Sie sind auch dieser Stadt einen Marshal schuldig.«

Ich staunte und fühlte mich einen Moment lang in einer Falle.

Doch es war wohl so, dass ich eine Schuld bezahlen musste, weil ich noch lebte.

Also nahm ich den Stern und steckte ihn mir an.

»Ich informiere die Stadträte«, sagte der Doc. »Gehen Sie ins Office. Dort werden Sie Paco, den Stadtschreiber, vorfinden. Der führt auch die Register.«

»Und warum ist er nicht hier bei seinem Chef?« Ich fragte es fast verächtlich.

Aber der Doc schüttelte den Kopf. »Paco Ramondo muss einen Gefangenen bewachen, den wir morgen bei Sonnenaufgang hängen und den seine Freunde vorher aus der Zelle holen wollen. Paco kann das Office nicht verlassen.«

Ich schüttelte stumm den Kopf und beschloss, mich über nichts mehr zu wundern.

Dann ging ich hinaus.

Es war Nacht geworden. Überall fiel der Lichtschein aus Fenstern und Türen. Die goldenen Lichtbahnen lagen quer über der staubigen Straße.

Und die ganze Stadt war in Betrieb.

Es war eine Minenstadt, in der man alle Sünden begehen konnte. Sie war voller Minenarbeiter, Claimbesitzer, Frachtfahrer, Rinderleuten und Schafhirten. Die Sattelpferde waren überall angebunden. Und die Wagen der Minen, welche sonst das Erz zu den Erzmühlen und Stampfwerken fuhren, die hatten die durstigen Kehlen hergebracht.

Gewiss waren die Saloons nun voll, auch die Spielhallen und Hurenhäuser.

Das war nun mal so in jeder wilden Stadt.

Ich kannte mich aus, denn ich war schon in einigen solcher Städte gewesen.

Und so wurde mir immer mehr bewusst, dass ich in

einer Falle saß. Oh, verdammt, so dachte ich, indes ich an der Hauswand neben der Tür lehnte und mir eine Zigarette drehte. Ein Strom von durstigen Kehlen zog an mir vorbei.

Ich wusste, zuerst wurden die Speiseküchen und Restaurants besucht, auch die Badeanstalt beim Barbier. Dann standen sie an den Schanktischen, füllten die Spielhallen und Bordells.

All die Sünden der Menschheit würden diese Nacht begangen werden.

Und ich hatte mir den Stern aufdrängen lassen.

Oh, verdammt, so dachte ich nochmals.

Ein Minenwagen kam hereingerollt und fuhr an mir vorbei.

Eine Stimme brüllte: »Wenn die Affen von der McClusky-Mine schon vor uns im Oriental sind, dann werfen wir sie hinaus!«

Als der Brüller verstummte, da brüllten andere Stimmen vor Vorfreude Zustimmung. Und so machte ich mich auf den Weg zu meiner ersten Amtshandlung.

Bis zum Oriental Saloon, wo Bauchtänzerinnen auftraten, waren es nur hundert Schritte. Ich erreichte den Haupteingang, wo ein Anreißer mit einer Trompete stand, als die Minenmannschaft schon vom Wagen gesprungen war, jedoch vom Anreißer aufgehalten wurde. Ich hörte ihn rufen: »Ihr kommt heute nicht hinein! Die McClusky-Mannschaft war vor euch da. Und beide Mannschaften machen wieder den Saloon klein! Hier ist...«

Die Stimme des Anreißers, der ja zugleich auch so etwas wie der Portier war, ging unter im Geheul.

Ich stand nun neben ihm mit meinem Stern an der Weste, der gewiss hübsch im Lichtschein glänzte.

Doch ein großer Bulle – wahrscheinlich der Anführer dieser Mannschaft – stürmte auf uns los und brüllte: »Platz da, wir kommen!«

Ich wich ihm aus, aber als er an mir vorbeistürmte, da gab ich es ihm mit dem Revolverlauf und schoss dann sofort in die Luft zu den Sternen empor.

Da hielten sie inne. Sie waren ein Dutzend, ich allein mit dem Portier und Anreißer, der einen grünen Zylinder trug und eine bunte Jacke.

Doch sie hielten inne.

Der Anreißer setzte in diesem Moment die Trompete an und schmetterte das Angriffssignal der Konföderiertenkavallerie auf dem Instrument.

Dann rief er wild: »Jetzt kommt die Bürgergarde!«

Da hielten sie inne und versuchten nicht, uns zu überrennen. Sie kamen plötzlich zur Vernunft.

»Nehmt euren Bullen mit«, rief ich scharf. »Und benehmt euch einigermaßen!«

Sie starrten mich an.

Einer fragte heiser: »Wer ist der denn?«

Doch dann gingen sie, nahmen den Anführer in ihre Mitte. Sie mussten ihn noch stützen und führen.

Der Mann mit der Trompete aber setzte diese wieder an den Mund und ließ ein anderes Signal ertönen. Es war das Signal der Entwarnung für die Bürgergarde. Dann sah er mich an und grinste: »Ich weiß schon, wer Sie sind.«

Auch ich grinste und wusste zugleich, dass dieser Tom Farley hier alles gut organisiert hatte.

Und so würde mein neuer Job vielleicht nicht zu schwer werden.

2

Und so war es auch. Ich stieß von Anfang an auf allergrößten Respekt. Denn mein Kampf mit den Bullock-Brüdern hatte sich herumgesprochen. Und dass ich nun den angeschossenen Marshal vertrat für die ersten Tage, dies wurde mir ebenfalls hoch angerechnet.

Ich lernte in den nächsten Tagen auch die drei Stadträte kennen. Es waren vernünftige Männer, Geschäftsleute, denen vor allen Dingen daran lag, dass in der Minenstadt die Dollars rollten, es aber dennoch nicht zu wild zuging, sodass es ein bestimmtes Maß an Sicherheit gab.

Sie hatten deshalb eine Bürgergarde gegründet, zu der die meisten Männer der Feuerwehr gehörten.

Wenn Trompetensignale tönten, dann galt das der Bürgergarde. Doch wenn der Schmied das Büffelhorn tuten ließ, dann war das der Alarm für die Feuerwehr.

Und so war alles recht gut geregelt.

Ich hatte nicht viel Mühe, die Stadt unter Kontrolle zu halten. Natürlich musste ich da und dort einige Wild Bills zurechtstutzen, aber das war normal in solch einer Stadt.

Ich war am nächsten Tag auch dabei, als sie einen Mann henkten, denn es gab hier in Silver Hole einen Gerichtshof. Der Verurteilte hatte im Bordell eines der Mädchen erdrosselt und sich dann den Weg freizuschießen versucht.

Doch die dicke Chefin des Hauses hatte ihm von hinten einen Stuhl auf den Kopf gehauen.

Nun, sie hingen ihn also auf. Was hätten sie auch sonst mit ihm tun sollen?

Er hatte getötet und war verurteilt worden. Und auf Mord stand im Arizona-Territorium und auch in Colorado die Todesstrafe.

Ich fand also alles in Ordnung.

Paco Ramondo, der Stadtschreiber, der zugleich auch das Register des Claim- und Minen-Office führte, war erleichtert. Er war ein Halbmexikaner, der mit seiner Nickelbrille irgendwie gelehrt wirkte.

Er sagte: »Mister Brody, ich bin jetzt erleichtert. Denn dieser Hurenmörder hat einige Freunde in der Stadt. Sie alle gehören zu den Silberbanditen, die sich auch immer wieder die Lohngelder der Minen aus den Postkutschen holen. Sie hätten ihren Kumpan gewiss bald herauszuholen versucht.«

Ich nickte nur und frage mich, wie lange ich hier bleiben und den Job noch machen musste. Denn Tom Farley ging es schlecht.

Ich besuchte ihn jeden Tag im Krankenzimmer des Doc. Seine Wunde hatte sich böse entzündet. Er hatte schlimmes Wundfieber bekommen. Der Doc aber gab ihn nicht auf, sondern sagte immer wieder: »Der wird wieder, ja, der wird wieder. Doch es dauerte eine Weile, wahrscheinlich viele Wochen.«

Immer dann, wenn ich das hörte, da verspürte ich stets ein tiefes Schuldgefühl gegenüber Tom Farley.

Denn ich wusste, hätte er mir nicht beigestanden, sich nicht eingemischt, dann wäre ich vom letzten der Bullock-Brüder erledigt worden.

Es war dann am vierten Tag, als er trotz des immer noch ziemlich starken Wundfiebers einigermaßen bei Besinnung war. Er erkannte mich und versuchte ein trotziges Grinsen.

Dann fragte er heiser: »Habe ich ihn geschafft?«

»Der ist bei seinen Brüdern in der Hölle«, erwiderte ich.

Da schloss Tom Farley wieder die Augen.

Am fünften Tag ging es ihm deutlich besser.

Der Doc sagte: »Jetzt hat er den Punkt überwunden.«

Tom Farley war über dem Berg.

Wir grinsten uns an.

Dann aber kam Paco Ramondo herein.

»Chef, es kam Post für Sie«, sagte er. »Der Brief war länger als drei Wochen unterwegs, weil die Postlinie einen gewaltigen Umweg machen musste.«

Tom Farley nahm den Brief und warf einen Blick darauf.

»Das ist die Schrift meiner Schwester«, murmelte er dann. »Ich bekam zuletzt vor über einem Jahr Post von ihr, als ich ihr schrieb, dass ich Marshal von Silver Hole wurde. Sie ist irgendwo im Tonto Basin verheiratet mit einem Rinderzüchter und schrieb mir damals, dass sie sehr glücklich wäre. Und sie heißt ja auch nicht mehr Ellen Farley, sondern Savage. Ihr Sohn muss jetzt etwa sieben oder acht Jahre alt sein. Verdammt, wie die Zeit vergeht. Damals war noch Krieg zwischen Nord und Süd, und nachher zog ich überall herum. Ich hätte sie längst schon mal besuchen sollen, um meinen Schwager John und meinen Neffen Tom – den sie nach mir genannt haben – kennen zu lernen.«

Er verstummte mit einem bedauernden Klang in seiner noch schwachen und heiseren Stimme. Als er den Brief öffnen wollte, gehorchten ihm seine zitternden Finger nicht richtig. Er war noch zu schwach, um den Brief öffnen – also aufreißen – zu können.

Und so gab er ihn mir, weil ich ja auf seinem Bettrand ihm am nächsten saß.

»Mach ihn auf und lies ihn mir vor«, verlangte er.

Ich zögerte, aber dann gehorchte ich und las die wenigen Zeilen, die mich sehr beeindruckten, weil sie schrecklich sein mussten für Tom Farley in dessen Hilflosigkeit, in die er ja durch mich geraten war.

»Was schreibt sie?« Farleys Stimme klang wie die eines Mannes, der eine ungute Ahnung spürt, weil mein Gesichtsausdruck ihm nicht gefiel.

Ich zögerte und tauschte mit Paco Ramondo einen Blick.

Doch dann las ich vor:

»Bruder Tom,
sie haben meinen Mann getötet und mich zur Witwe und deinen Neffen Tom zur Halbwaise gemacht. Nun wollen sie uns vertreiben. Ich habe sonst niemanden, den ich um Hilfe bitten kann. Denn auch unsere Reiter vertreiben sie. Wenn du kommen solltest, um uns beizustehen, dann hüte dich vor einem Revolvermann, dessen Name Brian Roberts ist.

Deine Schwester Ellen Farley-Savage«

Als ich geendet hatte, hörte ich das hilflose Stöhnen von Tom Farley und blickte in seine grauen Augen, in denen seine Schwäche zu erkennen war.

Gewiss konnten diese Augen sonst flintsteinhart blicken – doch jetzt ...

In mir jagten sich nun die Gedanken und Gefühle mit tausend Meilen in der Minute.

Paco Ramondo räusperte sich, so als hätte er etwas sagen wollen, sich dann aber zurückgehalten.

Ich aber war nun fertig mit meinen Gedanken und

Gefühlen, denn zuletzt spürte ich nur noch das Gefühl einer Schuld.

Und so hörte ich mich ruhig sagen: »Tom, wenn du nichts dagegen hast, dann reite ich vorerst an deiner Stelle hin – und später kommst du nach. Es ist wohl vor allen Dingen notwendig, dass deine Schwester mit ihrem kleinen Sohn nicht allein ist.«

Er sah mich prüfend an, und in diesem Moment wussten wir beide, dass wir zueinander wie Brüder sein würden, richtige Texaner, deren Besonderheit damals in Alamo entstand, als sie nur 185 Mann stark gegen siebentausend Mexikaner kämpften und allesamt starben.

Doch damals entstand Texas, weil General Houston eine Armee aufbauen konnte.

Ich sah, wie Tom Farley mühsam schluckte.

Dann sprach er heiser: »Ich werde nachkommen, sobald ich auf einem Pferd sitzen kann. Mein Freund, du musst hinüber zur Painted Desert und von dort aus auf die Mogollon Mesa bis zu ihrem Rim im Süden. Dann musst du hinunter ins Tonto Basin. Irgendwo dort gibt es die Lone Star Ranch. Und mach dir keine Gedanken, dass du hier kein Marshal mehr sein kannst an meiner Stelle. Die Stadträte werden einen anderen Mann finden. Reite zu meiner Schwester, mein Freund.«

Ich war eine Stunde später unterwegs, und es war erst früher Mittag. Also würde ich bis Nachtanbruch noch gut dreißig Meilen reiten können.

Ich hatte ein Packpferd bei mir, denn ich würde gewiss an die zwei Wochen unterwegs sein und zumeist im Freien mein Camp aufschlagen müssen.

Am dritten Tag erreichte ich die Painted Desert, die Bunte Wüste. Aber dieses Land der stillen Räume und der geheimnisvollen Weite war keine kahle, ausgestorbene tote Wüste. Der Name täuscht.

Denn diese stillen Räume waren erfüllt von vielen Gewächsen und einer Blütenpracht, zum Beispiel Salbei, Yucca, Mequite, Palo Verde und den verschiedensten Kaktusarten, um deren Blüten Kolibris schwirrten, um den Honig zu saugen.

Und der Riese in dieser Wüste war ein Feigenkaktus, auch Josuabaum oder Saguero genannt.

Es war ein ungewöhnlich stilles und wie leer wirkendes Land, durch welches ich tagelang ritt, immer höher und höher hinauf zum Great Plateau, zur Mogollon Mesa.

Längst hatte ich das unfruchtbare Land hinter mir gelassen. Vor mir waren nun Zedernwälder. Sie bedeckten die ansteigenden Hänge. Ich ritt auf einsamen, kaum erkennbaren Pfaden. Doch immer mehr wichen die Zedern buschigen Bäumen, und es gab immer wieder Grasflächen.

Dann stieß ich auf eine breite, stinkende Fährte und hielt an.

Mit Bitterkeit betrachtete ich über den Pferdekopf hinweg diese Fährte.

Sie stank nach Schafskot. Ja, dies hier war die Hinterlassenschaft von einigen Tausend Schafen. Es war eine dieser riesengroßen Herden, gegen deren Besitzer und Revolvermannschaften ich schon einmal kämpfte.

Mit meiner Bitterkeit stiegen all die Erinnerungen wieder in mir hoch.

Diese große Grasfläche wurde vor einigen Tagen völlig zerstört, denn die Schafe fraßen alles ab bis zu den Wurzeln hinunter.

Ich verspürte wieder meine Abneigung gegen diese bähenden, hilflosen Tiere, deren Hilflosigkeit zugleich auch ihre Stärke war.

Denn sie waren etwas wert. Und weil sie etwas wert waren, mussten sie gehütet und geschützt werden.

Ich hasste ihren Gestank, ihren Kot, verdammt. Und sie zerstörten die beste Graswiese für Jahre. Ihre Besitzer aber besaßen Macht. Und sie waren überall dabei, für ihre Riesenherden das Land zu erobern.

Ich schlug einen großen Bogen und ritt bald durch duftenden Fichtenwald, der den leichten Wind hier oben auf der Mesa angenehm machte.

Als es Abend wurde, schlug ich mein Camp an einem kleinen Tümpel inmitten der Fichten auf, der noch die Reste der Schneeschmelze enthielt, die hier oben sehr spät eingesetzt hatte.

Denn die Nächte waren kalt hier oben. Ich unterhielt die ganze Nacht ein Feuer.

Aber vor dem Einschlafen dachte ich noch einmal an die Schafherde.

Wohin zog sie? Würde sie auf dem Plateau bleiben, dieser gewaltigen Mesa hoch oben unter dem Himmel?

Oder wollten die Schafe hinunter ins Tonto Basin?

Ich dachte an jene Ellen Farley-Savage.

Was für eine Frau war sie? Wurde sie von den Schafzüchtern bedrängt?

Ihr Mann wurde getötet. Von wem?

Nun, bald würde ich es erfahren. Ich würde in einigen Tagen vom Tonto Rim hinunter ins Tonto-Becken reiten und die Lone Star Ranch finden.

Und dann?

Ja, was würde dann sein?
Was hatte das Schicksal mit mir vor?
Als ich mir diese Frage stellte, da wusste ich, dass es keine Zufälle gab im Leben der Menschen, denn es gab immer ein Schicksal, welches mit uns spielte.

Ich schlief tief und fest, obwohl ich dann und wann erwachte, um neues Holz ins Feuer zu legen. Aber wenn ich mich wieder zurücklegte, da fiel ich auch schon wieder in die Tiefe.

Es war dann gegen Morgen, also die übliche Zeit zum Wachwerden. Und so wurde ich wach wie immer, lag noch eine Weile still und lauschte.

Doch es gab nur die normalen Geräusche. Kleingetier raschelte da und dort. Und die Pferde atmeten normal. Sie hatten sich niedergetan. Ich hörte ihren Atem in der Stille.

Ich wusste, jetzt legte sich das Nachtgetier zur Ruhe, doch die Tiere des Tages begannen sich zu regen. Die Vögel begannen ihr übliches Morgenkonzert; alles erwachte zum Leben in der sterbenden Nacht.

Doch dann hörte ich noch etwas in der Ferne.

Oh, ich wusste sofort was es war. Denn ich hatte es schon oft gehört.

Es war das jämmerlich und misstönig klingende Bähen von einigen Tausend Schafen. Und es war meilenweit zu hören, drang sogar zu mir in den Wald herein.

Es musste die große Schafherde sein, deren braune und stinkende Fährte ich am Vortag gesehen hatte. Und so spürte ich abermals meine Abneigung gegen diese Tiere, die eigentlich so hilflos waren, aber dennoch überall die Weide eroberten und für Jahre vernichteten.

Denn sie fraßen ja nicht nur das Gras bis zu den Wurzeln ab, sie machten es auch für Jahre durch ihren Kot unbenutzbar für Rinder.

Denn kein Rind fraß dort Gras, wo Schafe die Weide verdorben hatten.

Ja, ich hasste Schafe, verachtete sie mitsamt ihren Hirten.

Ich erhob mich also ziemlich biestig in meinen Gedanken und Gefühlen, wusch mich im Tümpel, kochte mir Kaffee und briet mir einige Pfannkuchen mit Speck.

Vor Sonnenaufgang war ich schon unterwegs, ritt aus dem dichten Fichtenwald und erreichte eine Grasebene. Und hier stieß ich wieder auf die breite, stinkende Fährte der Herde. Sie hatte den Wald nach Süden zu im Halbkreis umrundet und weiter nach Süden ihren Weg fortgesetzt.

Und im Süden musste das Rim sein.

Wollten die Schafzüchter mit ihren Stinkern hinunter ins Rinderland?

Das war meine Frage. Und ich musste sie eindeutig mit einem Ja beantworten. Denn wenn es hier oben Winter wurde, konnten sich selbst Schafe nicht halten. Sie würden umkommen in Kälte und tiefem Schnee. Sie mussten bis zum späten Herbst unten im großen Becken sein.

Und das bedeutete Krieg, vielleicht einen noch schlimmeren als jenen, den ich vor einigen Wochen als Revolvermann und Anführer einer harten Revolvermannschaft erlebte.

Ich war so erleichtert gewesen, als ich dies alles hinter mich gebracht hatte. Und nun begann ich zu ahnen, dass ich in einen neuen Krieg ritt.

Denn Tom Farleys Schwester besaß eine Rinderranch.

Man hatte ihren Mann getötet und ihre Reiter vertrieben, davongejagt.

Dort unten im Tonto-Becken waren also Kräfte am Werk, die das Land frei machen sollten für die Schafherden.

In mir war Bitterkeit, und hätte ich Tom Farley nicht versprochen, an seiner Stelle zu seiner Schwester zu reiten, dann wäre ich umgekehrt.

Denn eines wusste ich auch: Ich würde dort unten – oder vielleicht schon hier oben auf der Mesa – auf Männer stoßen, gegen die ich schon weiter im Norden kämpfte, die gegen die Rinderzüchter verloren hatten und nach Süden gedrängt worden waren.

Heiliger Rauch, was wartete da auf mich?

Ich ritt endlich weiter.

3

Es war noch am Vormittag, als ich die Herde erreichte, deren vieltausendstimmiges Bähen ich gehört hatte.

Einige Hunde kamen mir entgegen und bellten böse, versuchten meinen Pferden an die Fesseln zu schnappen. Es waren böse Hunde, die gegen alles Fremde, was nicht nach Schafen stank, angingen. Denn ihr Instinkt verlangte von ihnen, die Herde zu schützen.

Ich nahm meine Bullpeitsche vom Sattelhorn und schlug den kläffenden und geifernden Kötern was auf die Nasen. Denn ich musste die Hinterbeine meiner scheu werdenden Pferde schützen.

Die Kläffer zogen sich winselnd zurück.

Es tönte auch ein schriller Pfiff, den einer der Hirten hören ließ. Ein Reiter kam herangetrabt.

Und diesen Reiter kannte ich. Denn gegen diesen Burschen hatte ich vor mehr als zwei Monaten gekämpft. Er gehörte zu einer rauen Mannschaft, die wir von der Rinderweide jagten. Seinen Namen kannte ich nicht. Doch sein Aussehen hatte ich mir eingeprägt.

Ich sah ihm an, dass er auch mich erkannt hatte, denn er ließ sein Pferd nun in ruhigen Schritt fallen und kam sehr langsam heran. Als er anhielt, da beschnupperten sich unsere Pferde.

Er betrachtete mich hart mit seinen schrägen Wolfsaugen.

»Wir kennen uns ja«, sprach er dann. »Man trifft sich immer wieder.«

Ich nickte stumm. Da fragte er: »Wollen Sie hinunter ins Tonto-Becken, um dort eine Mannschaft gegen uns zu führen, so wie vor zwei oder drei Monaten in Colorado?«

»Und wenn?« So fragte ich zurück.

Er zuckte mit den Achseln und wischte sich mit dem Ärmel seines Hemdes übers Gesicht. Dann sprach er: »Diesmal gewinnt ihr nicht, diesmal nicht. Jetzt sind wir stärker. Und diesmal haben wir auch die Rinderdiebe auf unserer Seite. Die räumen alles ab, indes ihr die Schafherden aufzuhalten versucht. Ihr müsst diesmal nach zwei Seiten kämpfen.«

Er verstummte grinsend.

Ich nickte nur. Dann ritt ich an ihm vorbei und fragte mich, ob er versuchen würde, mir in den Rücken zu schießen.

Doch mein Instinkt würde mich warnen. Er musste

zuvor auch sein Pferd schnell herumreißen, aber das tat er nicht.

Als ich über die Schulter blickte, da hatte er den Gaul zwar herumgezogen und blickte mir nach, doch die Entfernung war schon zu weit für einen sicheren Revolverschuss.

Ich ritt ruhig an der Herde entlang. Da und dort standen Hirten, hielten ihre Hunde zurück. Sie alle waren mexikanischer Abstammung und trugen lange Stangen, an deren oberen Enden große Löffel befestigt waren. Damit hoben sie Erdklumpen, kleine Steine und auch Schafskot auf und schleuderten diese Wurfgeschosse auf ausbrechende Tiere, wenn die Hunde nicht sofort zur Stelle waren.

Da und dort stand einer der zweirädrigen Hirtenwagen, in denen sie bei ihrer wenigen Habe auch schliefen. Diese Hirten kämpften nicht. Sie waren auch nur mit alten Flinten zum Schutz der Schafe gegen Wölfe, Coyoten und Pumas bewaffnet. Diese Hirten waren sozusagen neutral.

Aber sie alle betrachteten mich ernst und sorgenvoll, wenn ich an ihnen vorbeigeritten kam.

Ich ließ die Herde hinter mir und konzentrierte mich wieder ganz und gar auf das Land vor mir und in weiter Runde.

Das Land stieg nach Süden zu immer noch an. Ich hatte also noch längst nicht den Rand der mächtigen Mogollon Mesa erreicht, das Rim, von dem aus es tausend Fuß abwärts fallen sollte.

Ich war sehr neugierig auf diesen Anblick, doch vorerst hatte ich nur enge Schluchten vor mir, dann wieder Felsen, ebene Flächen und Wald. Es gab nun keine Fichten mehr, sondern prächtige Tannen.

Ich sah viele Wildfährten – auch von Bären.

Noch einmal musste ich im Freien campieren. Die riesige Schafherde hatte ich weit hinter mir gelassen. Diesmal hörte ich sie nicht mit ihren hässlichen und misstönigen Stimmen in der Nacht.

Ich hätte gern gewusst, wie viele Schafherden unterwegs waren. Jene, die ich überholte, war gewiss nicht die einzige. Doch sie mussten ja Abstand zueinander halten und fraßen sich gewissermaßen stetig nach Süden.

Mir begegnete kein Mensch mehr am nächsten Tag.

Es war gegen Mittag, als ich das Rim erreichte. Ganz plötzlich befand ich mich am Rande der Mesa und blickte in ein dunkel bewaldetes Becken von wilder und geheimnisvoller Schönheit.

Das Mogollon Rim umgab dieses Becken wie ein urförmiges Gebirge eine riesige Bucht. Und die gelbroten Steilwände erstreckten sich viele Meilen.

Alles war zerklüftet, fiel steil abwärts und schuf so einen Anblick, wie ihn nur die mächtige Natur vollbringen konnte. Ich musste den Atem anhalten. Meine Pferde schnaubten nervös, fürchteten sich vor der Tiefe vor ihren Hufen.

Diese Offenbarung von jäh abfallender Abgrundtiefe schien dort unten tausend Geheimnisse zu verbergen.

Aber ich musste irgendwo hinunter. Es gab sicherlich Abstiegsmöglichkeiten.

Und so ritt ich am Rim entlang nach Norden, legte Meile um Meile zurück, hielt immer wieder an und staunte ehrfurchtsvoll, wenn ich in die Tiefe auf die bewaldeten Schluchten blickte.

Ich konnte mir schwer vorstellen, wie die riesigen Schafherden dort hinunter gelangen würden. Und wo begann das Rinderland?

Fast hätte ich eine Stunde später den Pfad übersehen, der durch dichten Fichtenwald abwärts führte. Die Steilwand war hier nicht so steil. Es gab Terrassen.

Also ritt ich hinunter.

Es war ein gefährlicher Pfad auf Geröll und unter tief hängenden Zweigen hindurch. Und es war ein langer Weg hinunter. Länger als zwei Stunden brauchte ich.

Dann aber ging es durch eine ebene Schlucht weiter nach Süden.

Ich ahnte, dass ich dem Tonto-Becken nun schon sehr nahe war.

Als ich endlich aus der Schlucht herauskam, da sah ich die Rinderweide.

Ja, hier war Rinderweide, welche bläulich leuchtete. Hier wuchs kostbares Blaugras, welches wertvolle Mineralien enthielt.

Und die Schafe würden das alles für Jahre ruinieren, vernichten – und irgendwann weiter nach Süden ziehen.

Sie ließen überall Zerstörung der Weide zurück. Diese vieltausendköpfigen Herden waren zu groß. Selbst für dieses große und weite Land waren sie eine Plage wie zum Beispiel Heuschrecken, welche ganze Ernten vernichteten.

In mir war ein bitterer Zorn.

Denn es war ja so, dass die Schafzüchter die Weide für ihre Riesenherden mit Gewalt erobern wollten und oftmals die Sieger waren. Die Zahl der Rinder-Schaf-Kriege war groß. Es floss überall Blut, es gab Tote.

Es war später Nachmittag geworden. Die Sonne stand schon tief im Westen über dem sich meilenweit im Bogen nach Süden ziehenden Rim.

Ich ritt weiter, um nach der Lone Star Ranch zu suchen.

Vielleicht konnte ich sie am nächsten Tag finden – oder erst in einer Woche. Das Gebiet hier – dieses so genannte Tonto Basin – war riesig.

Seit Tom Farleys Schwester den Brief an ihren Bruder Tom geschickt hatte, waren einige Wochen vergangen. Es konnte in dieser Zeit eine Menge geschehen sein.

Ich ritt bis in die Nacht hinein, und als ich schon anhalten und wieder einmal unter dem Sternenhimmel mein Camp aufschlagen wollte, da sah ich ein rotes Licht vor mir. Es war ein Feuerauge in der Sternennacht, in der alle aufragenden Dinge Schatten warfen wie bei Sonnenschein. Denn der Mond am Himmel war wie ein riesiger Silberpeso.

Ich hielt an und überlegte. Doch dann ritt ich wieder an und genau auf das rote Auge zu. Als ich nahe genug war, da hielt ich an. Denn ich war mir sicher, dass die Leute dort am Feuer mich längst auf meinem Pferd gehört hatten.

Denn die Nacht war still bis auf die Pfiffe jagender Nachtfalken am Himmel.

Ich stellte mich in den Steigbügeln hoch und rief über den Kopf meines Pferdes hinweg: »Hoiii, Feuer, habt ihr Kaffee für mich?«

Es war die übliche Anmeldung und Frage im Westen von Norden bis Süden, wenn man sich nach Anbruch der Nacht einem Feuer näherte. Denn um diese Zeit war man in einem Camp am Feuer beim Abendessen.

Es dauerte eine Weile, bis dann endlich eine heisere Stimme erwiderte: »Wir haben keinen Kaffee, wer Sie auch sind. Aber wir wollen Sie sehen, Mann. Kommen Sie!«

Ich lockerte meinen Revolver. Dann ritt ich an, ganz

langsam im Schritt. Mein Packpferd folgte mir ohne Leine. Es hatte sich daran gewöhnt.

Am Feuer standen drei Gestalten, und sie hielten ihre Waffen schussbereit. Einer hatte ein Gewehr im Hüftanschlag, die anderen Revolver in den Händen.

Ich hielt dicht vor dem Feuer an und wartete.

Denn nach den ungeschriebenen Regeln musste ich jetzt warten, bis man mich zum Absitzen aufforderte.

Einer der drei Männer bewegte sich nun und kam zu mir und meinen Pferden.

Ich betrachtete ihn im Licht der Gestirne und sah, dass er ziemlich abgerissen war. Ich hielt ihn für einen Satteltramp, einen Excowboy.

Er verhielt dicht bei mir und schnüffelte hörbar.

Dann rief er zu den anderen hinüber: »Der stinkt nicht!«

Ich wusste sofort, was er meinte. Ich roch nicht nach Schafen.

Er sagte nun zu mir herauf: »Sie können absitzen, Fremder. Und wir können Ihnen nur Steaks anbieten – Steaks in Hülle und Fülle, jedoch keinen Kaffee.«

»Den habe ich«, erwiderte ich. »Doch wir müssen ihn erst kochen.«

Ich saß ab, und als ich ans Feuer trat, da spürte ich ihre lauernde Wachsamkeit.

Ruhig sattelte ich ab, nahm meinem Packtier die Last ab und band dann die Pferde an langen Leinen an, sodass sie ein wenig grasen konnten so wie die anderen Tiere.

Eine Weile später hockten wir zu viert am Feuer, tranken meinen Kaffee und aßen ihre Steaks.

Und immer noch spürte ich ihre lauernde Wachsamkeit.

»Sie kommen vom Rim herunter, nicht wahr?« So fragte schließlich einer.

Ich nickte kauend.

Nun fragte er: »Sahen Sie Schafe dort oben auf der Mesa?«

»Eine Riesenherde«, erwiderte ich. »In zwei oder drei Tagen erreicht sie das Rim. Ich weiß nicht, ob es eine Abstiegsmöglichkeit gibt für eine Riesenherde. Ich kam einen schmalen Geröllpfad herunter.«

Sie dachten schweigend über meine Worte nach und starrten ins Feuer.

Dann murmelte ihr Sprecher: »O ja, es gibt weiter westlich Möglichkeiten für die Schafherden, herunter ins Tonto Basin zu kommen.«

Ich beendete meine Mahlzeit.

Dann aber fragte ich: »Was ist hier los?«

Sie starrten mich an. Dann war es wieder ihr bisheriger Sprecher, der mir antwortete: »Wir stehen vor einem Krieg, und die Killer der Schafzüchter sind im Becken unterwegs. Wir haben unseren Job verloren, weil Viehdiebe unseren Rancher getötet haben. Viele Cowboys verlassen das Tonto Basin. Sie sind den Revolverschwingern nicht gewachsen. Fremder, wir halten Sie für einen Revolvermann, doch Sie stinken nicht nach Schafen. Nun fragen wir uns, ob Sie nur deshalb nicht stinken, weil Sie sich den Schafen fern hielten und niemals in einem Camp der Schäfer nächtigten – oder ob Sie wirklich nicht zu dieser Invasion gehören.«

Als er verstummte, nickte ich. »Ja, ich kann verstehen, dass diese Frage euch beschäftigt.«

Nach diesen Worten beugte ich mich vor und zeigte ihnen im Feuerschein meine Handrücken. Auch sie beugten sich vor.

Und da sahen sie meine alten Lassonarben. Es waren zwar alte Narben, aber sie verrieten ihnen alles.

Ich war mal ein Rindermann gewesen, ein Cowboy wie sie.

Und ich hatte daheim in Texas am Brazos im Buschland Rinder gejagt, auch noch während des Krieges, als ich unsere Armee mit Rindern versorgte mit meiner verwegenen Truppe.

Sie richteten ihre vorgebeugten Oberkörper wieder auf und wirkten nicht mehr so lauernd und voller wachsamen Misstrauen.

»Nun gut«, murmelte ihr Sprecher. »Dann reiten Sie wohl hier nur durch. Doch Sie sind schon lange unterwegs und für einen langen Ritt ausgerüstet. Sind Sie ein Kopfgeldjäger auf einer Fährte – ein Lawman vielleicht gar?«

»Nein«, murmelte ich etwas zögernd, »ich will zu einer gewissen Mrs Savage und zur Lone Star Ranch. Ist es noch weit bis dorthin?«

Sie zuckten leicht zusammen und schwiegen eine Weile.

»Dann sind Sie der von Mrs Savage erwartete Bruder?« Einer der beiden anderen Männer fragte es überrascht.

»Nein, der bin ich nicht. Aber ich komme an seiner Stelle. Wo also finde ich die Lone Star Ranch?«

»Einen Tagesritt weiter südwestlich im Concho Canyon«, sagte mir einer. »Doch Mrs Savage lebt jetzt in Tonto Lodge. Man hat sie mit ihrem kleinen Sohn von der Ranch gejagt. Ihr Vieh wurde gestohlen. Die Lone-Star-Weide ist freigemacht worden für zehntausend Stinker. Wir sind für John Savage geritten. Dann mussten wir flüchten. Ja, wir waren mal Reiter der Lone

Star Ranch. Sie haben es gleich richtig getroffen, Fremder.«

Er betonte das letzte Wort besonders. Es war eine Aufforderung, meinen Namen zu nennen, und so nannte ich ihn. Man würde meinen Namen ja ohnehin bald im ganzen Tonto Basin kennen, denn ich besaß ja einen bitteren Ruhm als Revolvermann, auf den ich nicht stolz war.

Sie nannten mir nun ihre Namen. Ich merkte sie mir.

Es waren die Namen Horty Bush, Rusty Sloane und Mel Stringer.

Aber was waren schon die Namen einfacher Cowboys? Sie hatten kein Gewicht.

Nun, ich wusste Bescheid. Eine Laune des Schicksals hatte mich ihr Feuer in der Nacht sehen lassen. Ich war hingeritten und hatte die Auskünfte bekommen, die ich haben wollte.

Nach einer Weile fragte ich: »Und was macht ihr hier so nahe unter dem Rim?«

Wieder schwiegen sie eine Weile, dachten darüber nach, ob sie mir trauen sollten.

Dann sprach Horty Bush: »Wir wollen hinauf.«

Mehr sagte er nicht.

Doch in seiner Stimme war ein Klang, der mir eine Menge sagte.

Ich wusste plötzlich, dass sie nicht hinaufwollten, um sich die Schafherden nur anzusehen oder über die Mogollon Mesa weiter nach Norden zu reiten, um sich dort einen neuen Job zu suchen.

Aber ich stellte ihnen keine Fragen. Denn sie wirkten sehr entschlossen und auch verschlossen.

Wir legten uns wenig später zur Ruhe.

Ich dachte wieder einmal mehr an Ellen Farley-Savage, versuchte sie mir vorzustellen als Frau. War sie hübsch oder gar schön, eine dieser Frauen, deren Anblick einen Mann erfreut oder gar Wünsche erweckt? Oder war sie ein herber Typ?

Nun, ich würde sie ja bald sehen. Mein Weg würde mich erst zur Lone Star Ranch und von dieser nach dem kleinen Ort Tonto Lodge führen.

Als ich mich am frühen Morgen nach dem Frühstück von den drei Cowboys trennte, nachdem wir wieder meinen Kaffee getrunken hatten – es war mein letzter –, da sagte Horty Bush: »Bestellen Sie Mrs Savage, dass wir immer noch für sie und ihren Mann John Savage reiten. Wir sind zwar keine Revolvermänner, nur einfache Weidereiter. Aber wir können dennoch etwas tun.«

Ich nickte nur und fragte abermals nichts. Denn sie hätten es mir gewiss nicht gesagt.

Und so ritten wir bald in entgegengesetzten Richtungen auseinander.

4

Am späten Nachmittag ritt ich in den Concho Canyon hinein. Er war eine breite Furche mit einem schönen Creek und einer herrlichen Blaugrasweide.

Da und dort sah ich einige Rinder, die den Viehdieben offenbar entgangen waren oder deren Zusammentreiben ihnen zu mühsam gewesen war.

Dann sah ich die Ranch.

Es war eine schöne Ranch mit einem Haupthaus, einem Bunkhouse, Stallungen und einer großen Scheune, umgeben von Corrals und Weidekoppeln.

Was ich sah, war das Lebenswerk eines Mannes, der dies alles auch für seine Nachkommen baute. Und so wusste ich, dass Tom Farleys Schwester damals einen besonderen Mann geheiratet hatte, einen von jener Sorte, die etwas aufbauen konnte.

Doch dann hatten sie ihn abgeschossen.

Und seine Frau hatten sie verjagt mitsamt ihrem kleinen Sohn.

Ich ritt bald darauf in der Abendsonne auf den Hof und hielt bei den Wassertrögen am Brunnen.

Auf der Veranda erschienen drei Männer.

»Kann ich meine Tiere tränken?« So fragte ich hinüber.

Einer nickte und machte eine Handbewegung des Einverständnisses.

Ich saß also ab, tränkte die Tiere und erfrischte mich auch selbst.

Dann kam einer herüber zu mir. Er trug seinen Revolver wie ein Revolverschwinger, nämlich tief unter der Hüfte und herausfordernd wirkend. Seine schrägen Augen betrachteten mich wachsam.

»He«, fragte er, »kommen Sie vom Rim herunter?«

Ich nickte und sprach, bevor er mich fragen konnte: »Ja, ich sah eine große Schafherde, und sie ist gewiss nicht die einzige auf der Mesa. Das wollten Sie doch wissen – oder?«

Er nickte und fragte: »Warum kamen Sie hierher? Es gibt einen besseren Weg nach Süden. Warum kamen Sie durch den Canyon?«

Sein Blick fiel auf meinen Revolver. Doch ich trug

meine Waffe nicht so herausfordernd wie ein Revolverschwinger.

Offenbar beruhigte ihn das etwas.

»Ach«, erwiderte ich, »offenbar fand ich nicht den richtigen Weg. Ich reite weiter. Danke für das Wasser.«

»Sie hätten die Tiere auch im Creek tränken können«, sprach er. »Warum kamen Sie auf den Hof geritten?«

Seine Stimme klang nun drohend.

Ich sah in seine schrägen Augen und sprach mit trügerischer Freundlichkeit:

»Legen Sie sich lieber nicht mit mir an, mein Freund. Ich reite jetzt weiter nach Tonto Lodge.«

Nach diesen Worten saß ich auf. Als an anritt, folgte mir wieder das Packtier ohne Leine. Aber sie ließen mich reiten. Keiner rief mir etwas nach. Doch ich spürte ihre harten Blicke fast wie körperliche Berührungen in meinem Rücken.

Ich ahnte – ja, ich wusste es fast sicher –, dass ich mit diesen drei Pilgern noch zu tun bekommen würde. Deshalb war es gut, sie jetzt gesehen und abgeschätzt zu haben.

Ich hielt sie für drittklassige Revolverschwinger, die bis jetzt nur Glück hatten und sich deshalb überschätzten und so großspurig benahmen. Sie waren keine wirklichen Revolvermänner, nicht mal zweitklassige.

Ich fragte mich, wie weit es wohl bis Tonto Lodge war und ob ich den kleinen Ort noch vor Nachtanbruch erreichen konnte.

Nach zwei Meilen kam ich aus dem Canyon heraus und gelangte auf einen Reit- und Fahrweg, der von rechts kam. Es musste der Weg nach Tonto Lodge sein.

Als die Dämmerung einsetzte, da sah ich die Lichter vor mir.

Es war ein sehr kleiner Ort mit kaum mehr als einem halben Dutzend Häusern und den dazugehörigen Scheunen, Schuppen und Hütten.

Der Tonto Creek floss mitten durch den Ort, doch er führte nur wenig Wasser. Man konnte ihn durchschreiten, ohne nasse Füße zu bekommen.

Am Anfang war eine Schmiede mit einigen Corrals. Im Hof standen einige Wagen. Ich erreichte den üblichen Saloon, dem ein Store folgte.

Es war nun endgültig Nacht geworden. Die Lichter in den Häusern und Hütten warfen Lichtbahnen auf die staubige Straße neben dem Creek. Es wirkte alles sehr friedlich. Gewiss saß man in den Häusern und Hütten noch beim Abendbrot. Aber ich sah auch auf den Veranden außerhalb des Lichtscheins da und dort Menschen sitzen, die die nun einsetzende Kühle genossen.

Ich band meine Pferde vor dem Store an. Denn ich wollte mir Tabak und Blättchen kaufen und Erkundigungen einziehen. Das konnte man in einem Store besonders gut.

Ich stampfte mit den Füßen auf, nahm den Hut ab und klopfte mir den Staub von der Kleidung. Dann trat ich mit leisem Sporenklingeln ein.

Es war ein typischer General-Store, in dem man alles bekommen konnte, was zum Leben nötig war – zu einem bescheidenen Leben. Es roch nach vielen Dingen.

Auf einem Sack mit Hülsenfrüchten saß ein kleiner Junge. Er hatte sich aus einem Fass eine Salzgurke herausgeholt und biss nun hinein.

Dann sah er mich kauend an und rief: »Es ist jemand gekommen!«

Eine Frau, die des Jungen Großmutter sein konnte, kam aus dem Nebenraum. Sie trug eine Küchenschürze und warf dem Jungen einen strafenden Blick zu.

»Du wirst noch zu einer Salzgurke werden, Tommy«, sprach sie. Dann sah sie mich an. Sie hatte blaue Augen, die im Lampenschein grünlich leuchteten. Gewiss war sie als junge Frau eine Schönheit gewesen.

»Was kann ich für Sie tun, Mister? Sie sind fremd hier, nicht wahr?«

Ich nickte.

Dann äußerte ich meine Wünsche. Als sie Tabak und Blättchen auf den Ladentisch legte, da konnte ich erkennen, dass sie etwas zu riechen versuchte.

Und so sagte ich: »Ma'am, ich rieche nicht nach Schafen.«

Sie sah mir gerade in die Augen und musste dabei den Kopf weit in den Nacken legen, denn sie war kleiner als mittelgroß.

»Dann reiten Sie hier nur durch, nicht wahr? Und in welche Richtung?«

»Ich komme vom Rim herunter«, erwiderte ich und begann mir eine Zigarette zu drehen. Bevor ich sie fertig hatte, sagte der kleine Junge vom Bohnensack her: »Tante, vielleicht ist es Onkel Tom aus Silver Hole. Vielleicht ist er doch noch gekommen. He, bist du mein Onkel Tom?«

Die Frage des kleinen Buben galt mir.

Ich sah mich nach ihm um. Er starrte prüfend zu mir hoch und hielt noch die halbe Salzgurke in der Hand, schien sie ganz und gar vergessen zu haben.

Aus dem Nebenraum kam nun eine zweite Frau. Sie kam schnell. Wahrscheinlich hatte sie die Frage des Jungen gehört und kam nun voller Hoffnung.

In den Händen hielt sie irgendwelches Nähzeug, welches sie in der Eile nicht weggelegt hatte.

Bei meinem Anblick hielt sie jäh inne, und ich konnte ihr die Enttäuschung ansehen. Für einen Moment hatte sie Hoffnung verspürt, die nun zu Bitterkeit wurde.

Ich murmelte: »Ma'am, sind Sie Ellen Farley-Savage?«

Sie schluckte etwas mühsam. Ihre Augen wurden groß. Dann nickte sie heftig.

»Ja, die bin ich. Und wer sind Sie? Sie kommen von Norden her den Rim herunter?«

»Ihr Bruder schickt mich«, murmelte ich. »Er kann nicht kommen. Vielleicht in zwei oder drei Wochen. Ich kam an seiner Stelle. Mein Name ist Brody, Clay Brody. Und ich bin sehr froh, dass ich Sie und den kleinen Tom so schnell finden konnte. Ich war auch schon auf der Lone Star Ranch.«

Ich hatte nun alles gesagt.

Die ältere Frau murmelte: »Jetzt bist du nicht mehr allein, Ellen. Wenn dein Bruder ihn schickte, dann kannst du ihm vertrauen.«

Ich hörte die Worte wie aus weiter Ferne. Denn meine ganze Aufmerksamkeit war auf Ellen Farley-Savage gerichtet.

Was für eine Frau, dachte ich, o Himmel, was für eine Frau ...

Wir sahen uns in die Augen. Ihre waren grün, und ihr Haar hatte die Farbe von reifem, goldenem Weizen.

Nein, sie war keine strahlende Schönheit, aber sie war eine Frau, wie so mancher Mann sie sich in seinen Träumen wünschte und nur bekam, wenn die Gnade des Schicksals es so wollte.

Sie besaß das Gesicht einer Frau der besonderen Sorte, einer Frau mit Stolz und innerlicher Kraft. Es war ein sehr waches, herbes und etwas eigenwillig wirkendes Gesicht, dessen Schönheit man erst mit dem zweiten Blick erkannte – und auch fühlte, weil sie von innen kam.

Es war ein Gesicht mit einem großen Mund und großzügigen Konturen, das Gesicht einer Frau, die auch kämpfen konnte, weil sie eine starke Lebenskraft besaß.

Die innerliche Erregung zauberte Farbflecke auf ihre Wangen.

Und ihre Stimme klang ruhig, klar und gefasst trotz ihrer Ungewissheit, als sie fragte: »Was ist mit meinem Bruder Tom, Mister Brody?«

Ich musste ihr die Wahrheit sagen, denn ich spürte, dass ich ihr Vertrauen sonst nicht bekommen würde.

Und so erwiderte ich: »Er wurde angeschossen, als er mir bei einem Revolverkampf beistand. Ohne ihn wäre ich tot. Deshalb haben Sie ein Recht auf meine Treue.«

Sie nickte langsam.

»Gut«, sprach sie ruhig, »gut, Mister Brody. Dann kommen Sie zum Abendessen. Dies ist Mrs Stella Benton. Ihr gehört der Store. Sie nahm mich mit meinem Jungen auf.«

»Weil ich Hilfe brauchte seit dem Tod meines Mannes«, sprach die ältere Frau. »Und weil ich mich als Tante fühle. Hinter dem Store ist ein Corral. Wenn Sie Ihr Pferd versorgt haben, ist das Essen für Sie fertig.«

Ich nickte, sah die beiden Frauen noch einmal an und nickte auch Tommy zu.

Der hielt immer noch die Gurkenhälfte in der kleinen Hand, sah mich mit großen Augen an und fragte plötzlich schrill: »Mister Brody, sind Sie ein Revolvermann, der es mit Brian Roberts aufnehmen kann?«

Ich hielt inne und fragte: »Warum mit ihm?«

»Weil er der Böse ist«, sprach der Junge. Er mochte acht Jahre alt sein, wirkte jedoch reifer, weil die Erlebnisse der letzten Monate ihn geprägt hatten.

Ich sah von ihm nochmals auf seine Mutter Ellen und erkannte in deren Augen die Frage, welche der Junge aussprach.

»Ja, ich bin ein Revolvermann«, erwiderte ich und ging hinaus.

Indes ich mein Pferd versorgte, mich auch am Wassertrog bei der Pumpe wusch, mich sauber machte, so gut das möglich war nach dem langen Reiten, da dachte ich ständig an die Frau da drinnen im Haus.

Heiliger Rauch, wohin hatte mich mein Schicksal geführt?

Als ich dann später durch die Hintertür in den Wohnbereich trat, da warteten sie in der Küche am großen Tisch auf mich. Es war eine so genannte Wohnküche, gemütlich mit reichlich Platz.

Die beiden Frauen und der Junge setzten sich zu mir. Sie hatten schon zu Abend gegessen und sahen mir zu. Ich erwiderte immer wieder ihre Blicke, denn ich wusste, sie forschten immer noch und befragten ihren Instinkt. Denn eigentlich war ich ja noch ganz und gar ein Fremder für sie.

Das Essen schmeckte. Es war Ferkelbraten auf mexikanische Art zubereitet. Offenbar war es der Rest ihres Abendessens.

Nach einer Weile fragte ich: »Brian Roberts war der

Name? Sie erwähnten ihn in Ihrem Brief an Ihren Bruder. Was ist er für ein Mann?«

»Er macht die Weide frei für die Schafherden«, erwiderte Ellen Savage hart. »Wahrscheinlich hat er damals meinen Mann getötet. Er kam mit einer starken Mannschaft ins Tonto Basin. Es gab viele Kämpfe. Und seine Viehdiebe haben leichtes Spiel, weil er die Cowboys der Rancher verjagte. Es herrschte viele Wochen lang Krieg. Und er hat ihn gewonnen. Clay Brody, wenn er feststellt, dass Sie herkamen, um mich zu beschützen oder mich auf meine Ranch zurückzubringen, dann wird er Sie töten oder töten lassen. Es war wohl nicht richtig und zuviel von mir verlangt, meinen Bruder um Hilfe zu bitten. Vielleicht sollten Sie wieder fortreiten, Clay Brody.«

»Nennen Sie mich einfach nur Clay«, sagte ich. »Und was die davongejagten Cowboys der Ranches betrifft ... Nun, ich traf auf drei von Ihren Reitern, Ellen. Ich darf Sie doch Ellen nennen? Ich traf also auf Horty Bush, Rusty Sloane und Mel Stringer. Sie waren zum Rim unterwegs.«

Ich sah, wie Ellen zusammenzuckte.

Dann flüsterte sie fast tonlos: »Oh, sie werden es tatsächlich versuchen wollen. Aber das wird furchtbar werden.«

»Was?« Ich fragte es knapp und ließ die Gabel wieder auf den Teller sinken.

Die beiden Frauen schwiegen eine Weile.

Dann blickten sie auf den Jungen, und ich begriff, dass sie vor ihm nichts sagen wollten. Also fragte ich nicht nochmals.

»Sie können oben in der kleinen Kammer schlafen, Clay«, sprach Stella Barton. »Doch wahrscheinlich wollen Sie zuvor noch in den Saloon. Oder nicht?«

»Doch«, entschloss ich mich. »Denn ich kann mich hier nicht verkriechen. Ich muss die Menschen hier alle kennen lernen.«

»Ja, gehen Sie nur, Clay. Wir schaffen Ihre Siebensachen hinauf in die Kammer. Die Treppe bei der Hintertür führt hinauf. Ja, gehen Sie nur. Aber was werden Sie morgen tun?«

Ihre Frage zuletzt klang hart.

Ich lächelte sie an, und ich wusste, wie hart und entschlossen jetzt mein Lächeln war. Es gab schon mehr als einen Mann auf meinen Wegen, der sich vor diesem Lächeln fürchtete und kniff.

»Morgen...«, begann ich, »nun, morgen jage ich die drei Kerle von Ihrer Ranch, Ellen. Und dann werden wir ja sehen.«

Sie sah mich mit großen Augen an, und ich spürte, dass sie wohl erst jetzt so richtig begriff, was für ein Mann ich war.

Dann schloss sie einen Moment die Augen und schluckte etwas mühsam.

Doch als sie mich wieder ansah, da erkannte ich ihre Entschlossenheit.

Sie sprach langsam: »Ich komme morgen Mittag mit meinem Wagen hinaus, aber ich möchte Sie nicht begraben müssen, Clay. Tommy bleibt bei Tante Stella.«

»Ich will aber mit«, protestierte Tommy.

»Du bleibst hier, basta.«

Ich erhob mich, nickte den beiden Frauen und Tommy zu und ging hinaus.

Draußen verhielt ich und atmete tief ein.

Vor dem Saloon standen nun fast ein Dutzend Sattelpferde.

Ich setzte mich in Bewegung, und es war wieder die gleiche Bitterkeit in mir, die ich vor jedem Kampf spürte. Das war immer so, wenn man wusste, dass man vielleicht töten musste, weil es keinen anderen Ausweg zum Überleben gab.

Es gab hier kein Gesetz, welches man um Hilfe bitten konnte.

Hier galt nur das Gesetz des Stärkeren.

Ellens Mann und gewiss auch noch andere Männer waren getötet worden. Viel Blut war schon geflossen.

Es war Krieg.

5

Die Männer, deren Sattelpferde vor dem Saloon standen, lehnten am Schanktisch und stützten ihre Füße auf die Messingstangen, bei denen auch die Spucknäpfe zu sehen waren. Es war ein typischer Cattlemen-Saloon, und so stand es auch auf dem Schild über der Veranda zu lesen.

An den wenigen Tischen saßen Gäste, die zu einer anderen Sorte gehörten. Es waren Bürger der kleinen Stadt, also zumeist Handwerker – aber auch Maultiertreiber und Wildpferdjäger.

Sie hielten sich dem Schanktisch fern, denn die Kerle da benahmen sich herausfordernd. Ich kannte die Sorte. Das da waren Revolverschwinger, die man für doppelten Cowboylohn anwerben konnte.

Allein war jeder von ihnen eine sich großspurig gebende Null. Doch zusammen als Mannschaft waren sie so gefährlich wie ein Wolfsrudel. Dann genossen sie ihre Überlegenheit und vermeintliche Stärke.

Der Wirt hinter dem Schanktisch beeilte sich mächtig, immer wieder ihre Gläser zu füllen. Im Spiegel hinter dem Schanktisch konnten sie sich betrachten, und was sie da sahen, das gefiel ihnen. Denn sie kamen sich gewaltig vor.

Nun sahen sie mich eintreten und erkannten mich sofort als Reiter.

Sie wandten sich mir zu, lehnten an der Bar und hatten ihre Ellenbogen hinter sich aufgestützt.

So betrachteten sie mich im Lampenschein. Aber das taten auch die Gäste an den Tischen. Ich war ja ein Fremder.

Einer der Männer an der Bar sagte laut: »Wen haben wir denn da? He, woher kommst du, Mann?«

»Vom Rim«, erwiderte ich und trat ans Ende des Schanktisches. Dann sprach ich weiter: »Und bevor mich jemand fragt, ja, ich habe Schafe gesehen, Tausende.«

Der Barmann – er war sicherlich auch der Wirt – kam zu mir. Ich sah sein zerschlagenes Gesicht und erkannte daran, dass er mal Preiskämpfer war.

Viele ehemalige Preiskämpfer wurden Wirte. Sie legten, wenn sie erfolgreich kämpften, ihr Geld zumeist in einem Saloon an.

Er fragte: »Whiskey?«

Ich nickte nur und tauschte einen Blick mit ihm, erkannte seine Sorge in den Augen, deren Brauen Narben waren.

Als ich das Glas geleert hatte, kam einer der Reiter zu mir und schnüffelte. Dann sagte er zu den anderen: »Nein, der gehört nicht zu den Schäfern.«

Sie grinsten.

Aber der Mann vor mir fragte hart: »Reitest du nur durch – oder willst du bleiben im Tonto Basin?«

»Und wenn?« Ich fragte es sanft.

Da grinste er. »Vielleicht suchst du einen Job als Viehtreiber. Dann können wir dich gebrauchen.«

Ich wusste nun, dass sie wahrscheinlich Viehdiebe waren.

Und so schüttelte ich den Kopf, warf einen Vierteldollar für den Drink auf den Tisch und wollte gehen.

Doch dieser Narr trat mir in den Weg und fragte scharf: »Du willst also im Becken bleiben?«

O ja, er war ein verdammter Narr, und er glich einem dummen Hund, der einen Wolf anbellte.

Was sollte ich mit ihm tun? Denn ich konnte jetzt nicht kneifen, wenn ich in diesem Land bleiben und Ellen beschützen wollte. Man musste mich fürchten, zumindest respektieren, mir aus dem Weg gehen, sich nicht mit mir anlegen. Denn ich war allein.

Wenn ich mich diesem sich selbst überschätzenden Narren unterwarf, ihm also folgsam und höflich auf seine barsche Frage eine Antwort gab, dann galt ich als Weichei und bekam es mit allen anderen Narren zu tun.

Er versperrte mir also den Weg.

Und so trat ich noch dichter an ihn heran, starrte ihm in die Augen und sagte fast sanft: »Du bist eine Pfeife, du dummes Arschloch.«

Und dann trat ich ihm auf die Zehen des linken Fußes. Ich stampfte sehr fest darauf. Er brüllte auf, taumelte zurück und schnappte nach der Waffe.

Doch er war wirklich nur ein drittklassiger Revolverschwinger, ein dummer Hund, der noch nie einen Wolf angebellt hatte.

Er brachte seine Waffe nicht mal aus dem Holster, denn er sah plötzlich in meine Revolvermündung und staunte vor Schrecken. Denn was ich ihm und den anderen vorgeführt hatte, war für sie alle Zauberei.

Nun endlich wussten sie Bescheid und begriffen, dass ein Großer der Gilde ins Tonto Basin gekommen war.

Der Narr vor mir begriff noch etwas anderes, nämlich, dass ich ihn in diesem Sekundenbruchteil hätte töten können. Denn er hatte ja gegen mich zur Waffe gegriffen. Nach dem ungeschriebenen Gesetz des Westens hätte ich schießen können.

Es herrschte einige Sekunden lang Stille. Alle im Raum hielten den Atem an, auch die Gäste an den Tischen.

In diese Stille sagte ich: »Hast du es jetzt begriffen, du Narr? Antworte mir! Hast du es jetzt begriffen?«

Er schluckte mühsam und flüsterte fast tonlos: »Yes, Sir.«

»Lauter!« Ich verlangte es fast freundlich.

Und da sprach er mit heiserer Stimme nochmal: »Yes, Sir.«

»Gut.« Ich nickte und ließ meine Waffe wie durch Zauberei wieder im Holster verschwinden. Ja, ich zauberte, denn das war die einzige Möglichkeit, die Kerle zu beeindrucken, und würde mir unnötige Kämpfe ersparen.

Sie standen immer noch wie erstarrt an der Bar.

Nur der Wirt hinter ihnen grinste und wischte dabei mit dem Lappen auf der Platte herum, ohne sich dessen bewusst zu sein. Aber er freute sich. Das sah ich ihm an.

Ich sagte nun laut genug in die Stille: »Ich gehöre zur Lone Star Ranch. Auf deren Weide sind noch einige Rinder, die noch nicht weggetrieben wurden. Ab jetzt passe ich auf diese Rinder auf.«

Nach diesen Worten setzte ich mich in Bewegung. Und der dumme Kerl, der mir den Weg versperrt hatte, glitt schnell zur Seite, bevor ich ihm nochmals auf einen seiner Füße treten konnte.

Als ich hinaus in die Nacht trat, da sprach drinnen im Saloon eine Stimme fast feierlich: »O Vater im Himmel, wie ist sein Name?«

Ich ging weiter durch den kleinen Ort, der für die Menschen im Tonto Basin wahrscheinlich der Nabel der Welt war.

Und ich war auf eine bittere Weise zufrieden mit mir. Nein, ich triumphierte nicht in meinen Gedanken und Gefühlen. Was ich getan hatte, war notwendig gewesen. Denn wenn diese kleinen Pinscher und großmäuligen Kläffer mich respektierten, würden sie mir aus dem Weg gehen. Ich würde genug mit den Großen zu tun bekommen. Und als ich daran dachte, da fiel mir wieder der Name Brian Roberts ein, den ich nun schon mehrmals hörte und den Ellen auch in ihrem Brief an den Bruder erwähnte.

Wann würde ich ihm begegnen? Was für ein Mann war er, ein Großer unserer Gilde mit »Revolverehre«, also ein Coltritter – oder ein verdammter Killer?

Ich wusste, bald würde ich es herausfinden.

Ich wanderte weiter durch den kleinen Ort im Licht der Gestirne und dem gelben Lichtschein, der aus den Häusern fiel.

Ich sah mir alles an und prägte es mir ein.

Dann ging ich in den Hof des Store und von dort

durch die Hintertür hinauf in die kleine Kammer. Eine Öllampe spendete auf der Treppe etwas Licht.

Durch das kleine Fenster der Kammer fiel das Licht der Gestirne.

Als ich auf dem Bett lag, da dachte ich mit Widerwillen an den Job, den ich am nächsten Tag machen musste – ja, musste.

Es gab keine andere Möglichkeit als die der absoluten Härte.

Noch vor Sonnenaufgang verließ ich den kleinen Ort.

Ellen hatte mir das Frühstück gemacht und mir am Tisch Gesellschaft geleistet. Sie nippte dann und wann an ihrer Kaffeetasse und sah mich mit ihren grünen Augen immer wieder an.

Ja, sie gefiel mir sehr. Normalerweise hätte ich ihr das gezeigt, es sie spüren lassen. Ja, ich hätte ihr den Hof gemacht.

Aber sie war ja erst seit wenigen Monaten Witwe. Und sie hatte andere Sorgen. Selbst wenn ich ihr als Mann gefiel, war sie gewiss nicht bereit für das Werben eines Mannes.

Und so hielt ich mich zurück.

Und dennoch spürte sie gewiss mit dem Instinkt einer Frau, dass ich mich zurückhielt, weil sie eine junge Witwe war.

Und so war an diesem Morgen ein stillschweigendes Einverständnis zwischen uns. Wir redeten nicht viel.

Doch als ich die Eier mit Speck und die Bisquits vertilgt und sie mir noch einmal Kaffee nachgegossen hatte, da sah sie mich mit ihren grünen Augen an und sprach ruhig die Frage aus, mit der sie sich gewiss schon seit dem Vortag beschäftigte:

»Clay, Sie sind ein Revolvermann. Warum wurden Sie einer?«

Ich erwiderte ihren Blick lange.

Dann leerte ich die Kaffeetasse und wollte mich wortlos erheben, um hinaus zu meinen Pferden zu gehen, die ich schon gesattelt hatte. Das Packtier trug meine wenigen Habseligkeiten.

Aber dann musste ich ihr doch antworten. Sie hatte wohl ein Recht darauf zu wissen, von wem sie sich helfen ließ.

Und so sprach ich endlich: »Das ergab sich so, Ellen. Als ich noch ein Junge war, daheim in Texas am Brazos River, da besaßen wir eine kleine Ranch und lebten im Schatten eines Großen. Als dieser unsere Weide haben wollte, kam es zwischen ihm und meinem Vater zum Duell. Sie waren Feinde geworden, als mein Vater meine Mutter zur Frau bekam und nicht er. Nun, ich war damals noch ein kleiner Junge, als mein Vater von ihm im Duell getötet wurde. Es war ein faires Duell, aber mein Vater verlor, weil er nicht schnell genug war. Ich war dann zehn Jahre später schneller. Mich konnte er nicht schlagen. Und so besaß ich plötzlich als noch junger Bursche jenen Revolverruhm, der alle ruhmsüchtigen Revolverschwinger anlockt. Ich war damals jung und wild und wollte nicht vor ihnen weglaufen. Und so wurde mein bitterer Ruhm immer größer. Dann kam der Krieg. Ich wurde Offizier, weil ich den Yankees große Rinder- und Pferdeherden stahl und damit die Konföderierten versorgte. Meine Männer und ich waren im letzten Kriegsjahr die erfolgreichsten Vieh- und Pferdediebe der Rebellenarmee, wie die Yankees die Konföderierten nannten. Nach dem Krieg wurde ich Kopfgeldjäger, Marshal und manchmal Leibwächter und Beschützer von Politikern. Auch ein Spieler wurde ich. Jetzt wissen Sie einigermaßen über mich Bescheid, Ellen.«

Sie nickte und sah mich immer noch fest an.

Dann aber kam ihre Frage: »Auf was sind Sie stolz, Clay Brody?«

Ich erhob mich langsam und dachte dabei über ihre Frage nach.

Dann aber sah ich sie wieder an und erwiderte ruhig: »Ich habe meine Selbstachtung nicht verloren, denn ich gehöre zur Gilde der Coltritter. Vielleicht tat ich manchmal Gutes auf böse Weise, aber es war dennoch Gutes.«

Nach diesen Worten ging ich hinaus.

Sie aber sprach hinter mir her: »Ich komme heute Mittag zur Ranch hinaus.«

Dies alles war in meinen Gedanken, als ich vor Sonnenaufgang den kleinen Ort verließ. Ich wusste, dass ich wahrscheinlich wieder kämpfen und auch töten musste.

Doch wie sonst hätte ich die Lone Star Ranch wieder für Ellen und deren kleinen Sohn freimachen können?

Das Gesetz mit Recht und Ordnung war noch nicht im Tonto Basin angelangt.

Und bald kamen die riesigen Schafherden von der Mogollon Mesa herunter.

6

Als ich durch den flachen Canyon ritt, stand die Sonne schon ziemlich hoch zu meiner Rechten und brannte stark. Es würde ein heißer Tag werden.

Weit, weit in der Ferne sah ich den Rim der Mogollon Mesa, dunkelblaugrün und geheimnisvoll wirkend.

Aber für mich gab es dort oben in der Ferne kein Geheimnis mehr.

Ich hatte die Schafe gesehen, ihren Gestank gerochen. Und wenn es mehr als eine Herde war – vielleicht deren sechs oder noch mehr –, dann kam da eine Invasion wie ein Element.

Ich dachte auch wieder an jene drei Excowboys der Lone Star Ranch. Sie mussten jetzt schon oben auf dem Rim sein.

Doch was hatten sie vor? Was wollten sie dort oben? Gewiss wollten sie sich nicht nur die Schafe ansehen. Was also waren ihre Absichten?

Ich bekam endlich die Ranch in Sicht.

Da und dort hatte ich kleine Rinderrudel am Creek gesehen. Die Lone Star Ranch war also noch nicht vollständig ausgeplündert. Es mochten insgesamt mehr als hundert Rinder sein, die ich gesehen hatte. Und ich schwor mir, dass es nicht weniger werden würden.

Die Ranch kam mir immer näher.

Als ich auf den Hof vor dem Ranchhaus ritt, da sah ich wieder die drei Kerle.

Es waren Faulenzer, die hier nichts anderes taten als die Ranch besetzt zu halten. Wahrscheinlich sollte sie das Hauptquartier der Schafzüchter werden, von dem aus sie ihre Befehle an die Herden gaben. Denn dies alles musste ja wie ein Feldzug koordiniert werden, so als wären die Riesenherden Armeegruppenteile, die das Land erobern und sich nicht gegenseitig in die Quere kommen sollten.

Sie alle würden das Tonto Basin kahl fressen.

Nun, ich ritt also vor das Ranchhaus, auf dessen Veranda sich die drei Kerle im Schatten herumlümmelten. Gewiss hatten sie Langeweile und wurden mit jedem Tag fauler und bequemer. Bei der Armee bekämpfte man dies mit Drill.

Sie erhoben sich bei meinem Anblick. Einer rief: »He, da bist du ja wieder! Hattest du Sehnsucht nach uns?«

Ich gab ihnen keine Antwort, sondern saß beim Corral ab, stellte die Pferde an den Tränketrog und wusch mir das Gesicht und den Nacken.

Denn es war heiß geworden.

Sie kamen von der Veranda und quer über den Hof auf mich zu.

Als ich ihnen entgegentrat, da hielten sie inne.

Denn nun warnte sie ihr Instinkt. Ganz plötzlich spürten sie etwas.

Ich hob die Linke und hatte die Rechte hinter dem Revolverkolben hängen.

Sie begriffen plötzlich etwas, was sie noch nicht so recht glauben konnten. Aber meine Haltung war unmissverständlich.

Und indes sie mich ungläubig anstaunten, hörten sie mich sagen:

»Jungs, ihr seid hier fertig. Ich gebe euch zehn Minuten. Packt euren Krempel und haut ab. Oder ich mache euch Beine.«

Die Sprache verstanden sie, nur diese. So war nun mal ihre Sorte.

Aber sie wollten es immer noch nicht glauben, denn sie waren ja zu dritt und ich allein.

Doch sie begriffen dann endlich doch, dass ich nicht bluffte und bereit war, allein gegen sie anzutreten. Und weil sie noch zögerten, da zeigte ich es ihnen.

Mein Revolver war wie durch Zauberei in meiner Faust.

Sie hielten den Atem an vor Schrecken und warteten auf mein Mündungsfeuer.

Dann atmeten sie erleichtert aus, denn ich schoss ja nicht. Sie begriffen, dass ich nicht töten wollte.

Und so kamen sie sich verdammt jämmerlich vor. Ihre Großspurigkeit von vorhin war nicht mehr vorhanden. Es ging ihnen wie dem Burschen im Saloon, der dann sogar »Yes, Sir« gesagt hatte.

Sie hoben die Hände.

Und ihr Sprecher sprach heiser: »Yes, Mister, in zehn Minuten sind wir weg. Aber an unserer Stelle wird Brian Roberts kommen. Und dann...«

Er brach ab, denn er begriff, dass er mit Drohungen ihr Kneifen nicht ungeschehen machen konnte. Und wieder war es so wie am Abend zuvor. Sie glichen drei Kötern, die einen Wolf anbellten und dann erst begriffen, dass es ein Wolf war.

Es war immer wieder dasselbe. Ich hatte es schon mehrmals erlebt.

Diese drittklassigen Revolverschwinger kniffen stets, wenn sie vor der Entscheidung standen, alles zu riskieren oder zu kneifen.

Ich sah ihnen zehn Minuten später nach. Sie ritten in Richtung Tonto Lodge.

Und irgendwo im Tonto Basin hielt sich ein gewisser Brian Roberts auf, der irgendwann von dieser Niederlage erfahren und dann gewiss kommen würde, wenn er ein Revolvermann von meiner Sorte war.

Doch wenn er zur anderen Sorte gehörte, zu den erbarmungslosen, hinterhältigen Killern ohne Revolverehre, dann...

Ich dachte wieder an Ellens Mann. Leider wusste niemand, wie er getötet wurde draußen auf der Weide.

Wurde er abgeschossen ohne Gnade? Oder gab man ihm die Chance eines Duells?

Ich sah mich um.

Nun war ich vorerst allein auf der Ranch.

Doch dann dachte ich an Ellen. Sie wollte gegen Mittag herauskommen.

Doch es war erst Vormittag.

Hoffentlich begegnete sie unterwegs nicht den drei Kerlen, die ich soeben von der Ranch jagte.

Ich ging ins Ranchhaus hinein.

Die drei Kerle hatten hier wie die Schweine gehaust. Überall herrschte Unordnung. Zigarettenkippen lagen auf den Dielen. Die indianischen Teppiche waren von Sporenrädern durchlöchert.

Wieder einmal stellte ich fest, dass diese Sorte so lebte, wie sie nun einmal war, nämlich ohne jeglich eigene Disziplin und Ordnung. Diese Sorte konnte im Dreck leben aus lauter Faulheit.

Besonders schlimm sah es in der Küche aus.

Ellen würde zu tun bekommen.

Ich ging wieder hinaus, um die anderen Gebäude zu untersuchen.

Ich würde mich in einem der Schuppen einrichten müssen, wollte ich nicht allein im Bunkhouse wohnen, in dem Platz für ein halbes Dutzend Reiter war.

Denn bei Ellen im Ranchhaus durfte und wollte ich nicht wohnen.

Es gehörte sich nicht.

So einfach war das für mich.

Ellen kam gegen Mittag, also ziemlich früh. Sie hatte es gewiss nicht länger mehr in Tonto Lodge aushalten können in der Ungewissheit, ob ich es schaffen würde gegen die Ranchbesetzer.

Sie hatte also Mut.

Sie kam mit einem leichten Wagen, der von zwei Pferden gezogen wurde, die sie traben ließ. Und als sie bei mir vor dem Ranchhaus hielt, da sah ich, dass sie neben dem Fahrersitz ein Gewehr griffbereit in einer Halterung stecken hatte.

Im Wagenkasten lagen einige Dinge, die ihr persönlicher Besitz waren. Dinge, die eine Frau so braucht, will sie ihre Kleidung wechseln und sich einigermaßen pflegen.

Auch Proviant hatte sie mitgebracht in Leinenbeuteln.

Sie verharrte noch auf dem Bock und sah mich an. Denn ich war nahe an den Wagen herangetreten, um ihr beim Absteigen zu helfen.

Ihr Blick war sehr prüfend. Ich erwiderte ihn offen.

Dann streckte ich die Hand aus. Sie nahm sie und ließ sich helfen, obwohl sie auch allein hätte vom Wagen springen können. Denn sie war eine Frau, die sich geschmeidig bewegte. Sie trug ein blauweiß kariertes Kleid und gefiel mir sehr.

Dann standen wir voreinander, nur um eine halbe Armlänge getrennt. Sie blickte zu mir auf und sprach ruhig: »Klären wir das jetzt gleich, Clay Brody. Wir werden allein auf der Ranch leben. Und Sie wollen mich beschützen, bis mein Bruder kommt. Meinem Bruder sind Sie etwas schuldig. Aber was versprechen Sie sich noch von Ihrem Beistand?«

Es war eine offene Frage, die ich offen beantworten musste.

Ich trat einen Schritt zurück und sprach langsam: »Ellen, Sie sind für mich eine wunderschöne Frau, wahrscheinlich sogar die Frau meiner Träume. Jeder Mann träumt von solch einer Frau, stellt sie sich vor und weiß, dass er sie niemals finden wird. Wenn ich Sie so ansehe, dann ist es mir, als hätte ich sie gefunden. Und das ist wie ein Wunder. Also würde ich Ihnen den Hof machen und mein Glück bei Ihnen versuchen. Das wäre normal. Oder nicht?«

Sie nickte leicht und erwiderte: »Ja, das wäre normal. Nur so kommen die Geschlechter zusammen. Das ist von der Schöpfung so gewollt. Aber Sie werden mir nicht den Hof machen – oder?«

»Solange Sie das nicht wollen«, erwiderte ich. »Wenn Ihr Mann etwas taugte – und das glaube ich –, können Sie ihn gewiss nicht so schnell vergessen. Und das werde ich respektieren. Ja, wir werden hier auf der Ranch eine Weile zusammenleben. Aber was zwischen uns passieren könnte, es muss von Ihnen ausgehen. Ist jetzt zwischen uns alles klar?«

Sie biss sich auf die volle Unterlippe und nickte.

Dann begannen wir den Wagen zu entladen. Als wir die Sachen ins Haus trugen, hörte ich sie zornig schimpfen: »Diese dreckigen Hurensöhne haben hier wie die Schweine gelebt.«

Als sie Hurensöhne sagte, fielen mir die drei Kerle wieder ein.

Und so fragte ich: »Sind Sie ihnen begegnet, Ellen? Sie müssten ihnen noch im Canyon begegnet sein. Denn sie ritten in Richtung Tonto Lodge. Sie müssten ihnen begegnet sein. Ich machte mir schon Sorgen deswegen.«

Doch sie schüttelte den Kopf.

»Mir kam niemand entgegen.«

Ich erwiderte nichts, zuckte nur mit den Achseln.

Doch als ich später den entladenen Wagen ausspannte und die Pferde in den Corral brachte, da dachte ich wieder darüber nach, wohin die drei Kerle wohl verschwunden sein mochten. Und da gab es nur eine einzige Erklärung: Sie waren noch in der Nähe, ritten von der Ranch aus nur außer Sichtweite.

Und wenn das so war, dann waren sie doch härter als ich bisher glaubte, nachdem sie vor mir kniffen.

Ich wusste plötzlich, dass sie kommen würden, wahrscheinlich mitten in der Nacht.

Und so stieg eine grimmige Bitterkeit in mir hoch.

Denn vielleicht würde ich sie töten müssen.

Es war gegen Abend, und die Sonne war außerhalb des Canyons im Westen längst hinter den Bradshaws verschwunden, als wir auf der Veranda beim Abendbrot saßen. Ellen hatte gekocht. Ich hatte zuletzt bis kurz vor Sonnenuntergang Holz für einige Tage gehackt oder gespalten und mich danach gründlich bei der Pumpe am Brunnen gewaschen.

Nun saßen wir uns im Halbdunkel gegenüber und aßen eine Weile schweigend.

Und ständig spürte ich die Ausstrahlung dieser Frau. Ja, sie berührte mich ständig bis tief in meinen Kern hinein. Und so war ebenso ständig ein Bedauern in mir.

Denn warum hatte ich sie nicht getroffen auf meinen Wegen, als sie noch nicht vergeben war?

Ich fragte schließlich, als wir die leeren Teller zurückschoben und sie noch einmal Kaffee eingegossen hatte: »Ellen, wollen Sie mir etwas von Ihrem Mann erzählen? Oder können Sie das nicht – noch nicht?«

»Doch, ich kann«, erwiderte sie. »Ich erinnere mich ständig an ihn und sehe ihn vor mir, wenn ich die Augen schließe. Clay, er war ein Mann wie sonst keiner unter zehntausend, und ich habe ihn geliebt. Ich denke auch fast, dass ihr Freunde hättet werden können. Und weil er ein Mann war, der kämpfen konnte, haben sie ihn in einer hellen Nacht mit einer Buffalo Sharps aus großer Entfernung abgeschossen, als er eine Bande von Viehdieben verfolgte. Ja, es war eine Buffalo Sharps, denn das Geschoss machte ein großes Loch. Nun liegt er dort drüben auf der kleinen Anhöhe.«

Sie verstummte mit nur scheinbar ruhiger Stimme, denn irgendwie hörte ich das Klirren heraus. Sie war eine einsame Witwe geworden mit einem kleinen Sohn, dem sie das Erbe erhalten wollte.

Ich wusste, wo die kleine Anhöhe war. Sie lag etwas mehr als zwei Steinwürfe von der Ranch entfernt. Ich hatte sie am Nachmittag hinübergehen sehen. Es gab dort einige Felsen, etwa so groß wie Elefanten.

Und dort lag er also, dieser John Savage, von dem sie sagte, dass er einer war wie sonst kein anderer unter zehntausend.

Sie erhob sich und begann den Tisch abzuräumen.

Als sie nochmals auf die Veranda kam, um den Rest des Geschirrs zu holen, da sagte ich ruhig: »Ellen, Sie können diese Nacht nicht im Ranchhaus schlafen. Aber richten Sie das Bett so her, als würden Sie darinnen liegen. Sie müssen heute da drüben im halb offenen Schuppen schlafen. Ich habe Ihnen ein Lager bereitet. Und nehmen Sie Ihr Gewehr mit.«

Sie hielt inne. Gewiss arbeiteten nun ihre Gedanken.

Doch bevor sie eine Erklärung verlangen konnte, sprach ich ruhig: »Wahrscheinlich bekommen wir Besuch von den drei Kerlen, die ich verjagte. Sie hätten ihnen eigentlich begegnen müssen, Ellen. Und so denke ich, dass sie sich in der Nähe versteckten. Sie wagten keinen Revolverkampf mit mir. Doch...«

»Schon gut«, unterbrach sie mich. »Ja, was Sie befürchten, Clay, sehe ich nun auch so.«

7

Es wurde dann etwa eine Stunde nach Mitternacht, als ich sie kommen hörte.

Ich hatte zwei Steinwürfe weit von der Ranch entfernt im Schatten einiger Felsen gewartet. Es war wieder eine helle Nacht geworden. Doch es gab einen Mondschatten, welcher die Längshälfte des Canyons bedeckte.

In diesem Mondschatten kamen sie im Schritt herangeritten und hielten an.

Ich hatte den Platz richtig vorausgesehen, denn hier zwischen den Felsen, wo ich auf sie gewartet hatte, wollten sie tatsächlich ihre Pferde verstecken, um dann zu Fuß weiter zur Ranch zu gehen, sich anzuschleichen.

Bevor sie absaßen, wechselten sie noch einige Worte.

Einer von ihnen sagte: »Ihr wisst also Bescheid. Wir verteilen uns um das Haupthaus und zünden zuvor einen der Schuppen an. Und dann machen wir dem Hurensohn klar, dass wir auch das Haupthaus anzünden werden, wenn er nicht...«

Ich hatte genug gehört und trat zwischen den Felsen hervor.

»Daraus wird nichts, ihr Pfeifen«, unterbrach ich ihn.

Sie erschraken mächtig und griffen nach den Revolvern, brüllten dabei wild in die Nacht.

Und da schoss ich sie aus den Sätteln. Ich durfte sie nicht nochmals laufen lassen. Jetzt ging es nicht mehr, denn sie hatten ihre Chance gehabt und würden vielleicht abermals zurückkommen.

Ich musste schießen.

Und so krachten die Schüsse durch den breiten und flachen Canyon, denn sie selbst kamen auch zum Schuss. Zwei von ihnen brachten ihre Colts noch heraus, aber sie wollten zu schnell sein, schossen zu hastig, noch bevor sie ihre Revolverläufe hochbekamen. Und als sie rückwärts von den Pferden fielen, da schossen sie gen Himmel, wo die unirdischen Sterne das böse Tun der Menschen teilnahmslos betrachteten.

Sie waren letztlich schneller mit ihren Revolvern gewesen, als ich vermutet hatte.

Dass sie nicht am Vormittag gegen mich antraten, lag allein am Risiko. Denn sie wussten ziemlich sicher, dass ich zwei von ihnen mitgenommen hätte und nur einer es überlebt haben würde.

Doch sie wollten alle drei überleben.

Deshalb waren sie jetzt gekommen.

Ihre Pferde waren zur Seite getanzt und schnaubten nervös. Eigentlich waren es Pferde, die an Revolverfeuer gewöhnt wurden.

Doch ihre Reiter fielen aus den Sätteln. Das machte die Tiere nervös. Einer der Kerle hing noch mit einem Fuß im Steigbügel. Also ging ich hin und befreite ihn, bevor der Gaul mit ihm davonsausen konnte.

Der Mann stöhnte und verfluchte mich mit seinem letzten Atem.

Als ich zu den anderen trat, da atmete keiner mehr.

Und so verharrte ich angefüllt mit Bitterkeit. Denn da war es wieder.

Ich hatte getötet wie ein Soldat im Krieg.

Ja, wir hatten Krieg im Tonto Basin.

Wie würde ich es diesmal verarbeiten können? Ich wusste ja, es wurde immer schlimmer. Und schwerer wurde es auch.

Dann hörte ich Ellens Ruf. Es war ein wilder Ruf, ein Schrei.

Ja, sie machte sich Sorgen. Dazu hatte sie ja auch allen Grund. Denn wenn ich verloren hätte – was würden die drei Kerle mit ihr gemacht haben?

Ich sah sie nun von der Ranch herübergelaufen kommen. Im hellen Mond- und Sternenschein konnte ich sie gut erkennen. Sie hatte das Gewehr bei sich.

Ich ging ihr entgegen. Als sie mich erkannte, hielt sie an und wartete auf mich.

Dann standen wir uns dicht gegenüber. Sie sah zu mir hoch und erkannte und spürte sofort, was in mir war, begriff, dass ich getötet hatte und bis tief in meinen Kern hinein verhärtet war, weil mir nichts anderes übrig blieb, wollte ich nicht zerbrechen.

»O Clay, o Clay«, flüsterte sie, »wie kann ich dir helfen?«

Und dann kam sie in meine Arme.

Nein, lieber Leser meiner Geschichte, wir küssten uns nicht. Wir waren nicht plötzlich ein Liebespaar. Nein, es war so, als wäre sie meine Freundin, meine Schwester, die meine Härte aufzubrechen versuchte, weil sie teilnahm, mit mir aus der Schwärze hochsteigen wollte. Sie wollte mir zeigen, dass ich nicht allein war und sie mich nicht für eine Art Ungeheuer hielt, dem das Töten so leicht fiel.

Das alles trieb sie in meine Arme.

Wir wurden in dieser Minute erst richtig Gefährten.

Eine Weile verharrten wir so und spürten die Wärme unserer Körper, ja sogar unseren Herzschlag.

Dann löste ich mich von ihr und murmelte: »Danke, Ellen, danke. Diese schwarzen Sekunden können einen Mann zerbrechen. Entweder wird er hart und kalt in seinem Kern, oder er hält sich für ein Ungeheuer und fürchtet sich vor sich selbst. Dann vermag er nie wieder zu kämpfen und wird zu einem Schatten seines früheren Selbst. Oh, verdammt, Ellen.«

»Ich weiß, ich weiß«, flüsterte sie. »Du bist kein Ungeheuer, gewiss nicht.«

»Dann geh wieder zur Ranch zurück. Ich muss die Toten wegschaffen.«

»Nein, ich gehe nicht, ich helfe dir«, sprach sie entschieden.

Als es Tag wurde, saßen wir uns in der Küche gegenüber und schlürften den starken und heißen Kaffee, den sie für uns kochte.

Ihr Gesicht war beherrscht im Ausdruck. Doch gewiss litt sie tief in ihrem Kern.

Denn sie hatte mit mir die Toten beerdigt unter Steinen. Wir hatten die Kerle in ihre Decken gehüllt.

Aber es war dennoch keine christliche Beerdigung. Wir konnten keine Worte reden.

Und auch jetzt beim Morgenkaffee – wir wollten nichts essen – schwiegen wir lange. Manchmal sahen wir uns an.

Dann endlich sprach sie: »Ich muss die Ranch erhalten für Savages Sohn. John wäre sonst sinnlos gestorben, denke ich. Doch ich denke auch, dass ich zu viel von dir verlange, Clay. Was du meinem Bruder auch schuldest, es ist nicht fair, dass du für mich und Little Tommy töten musst. Es ist nicht fair.«

In ihrem für mich so wunderschönen Gesicht zuckte es. Sie stand dicht vor einem Weinkrampf.

Aber ich sagte langsam Wort für Wort: »Ellen, schicke mich nur nicht weg.«

Sie betrachtete mich seltsam, und in ihren Augen erkannte ich nun einen anderen Ausdruck. Dann schüttelte sie den Kopf und erwiderte: »Ich kann dich nicht wegschicken, Clay Brody.«

Dann erhob sie sich und verschwand im Schlafzimmer.

Vielleicht würde sie dort weinen.

Ich ging hinaus, verharrte auf der Veranda und fragte mich, wie es weitergehen würde. Denn irgendwie geht es stets weiter im Leben.

Einige Tage und Nächte vergingen, und es geschah nichts, gar nichts. Aber es war für uns eine trügerische Ruhe.

Denn wo war dieser für mich noch unbekannte Brian Roberts, der ein legendärer Revolvermann sein sollte? – War er mit dem Viehdiebstahl zu beschäftigt? Trieb er mit seinen Reitern die Herden aus dem Tonto Basin und kämpfte alles nieder, was sich ihm in den Weg stellte und ihn bei seinem Tun hinderte?

Ich wusste inzwischen von Ellen, dass es mehr als ein halbes Dutzend Rancher in ihrer Umgebung gab.

Also hatte Brian Roberts mit seinen Reitern eine Menge zu tun, um das ganze Tonto-Becken für die riesigen Schafherden freizumachen. Es konnte also durchaus Wochen dauern, bis er sich hier wieder blicken ließ und nach den drei Männern sah, die ich töten musste. Er hatte sie ja gewissermaßen wie Statthalter hier zurückgelassen, etwa so wie ein Eroberer. Und wahrscheinlich fühlte er sich auch wie ein Eroberer.

Ja, er eroberte die Blaugrasweide des Tonto-Beckens für Zehntausende von Schafen.

Es mussten wahrhaftig Zehntausende dieser jämmerlich hilflosen Tiere sein, deren Hilflosigkeit zugleich auch ihre Stärke war.

Wo waren sie? Wo blieb die Invasion? Befanden sie sich immer noch oben auf der Mogollon Mesa?

Und was war aus den drei Excowboys der Lone Star Ranch geworden, die hinaufgeritten waren?

Es gab viele Fragen für mich – und natürlich auch für Ellen.

Ich vertrieb mir die Zeit und suchte im weiten Canyon die wenigen Rinder zusammen, die von den Viehdieben übersehen worden waren, weil sie sich irgendwo versteckten. Denn Longhorns waren keine dummen Kühe.

Ich trieb die Tiere in die Nähe der Ranch und verspürte dabei eine gewisse Freude bei dieser Cowboyarbeit. Auch beim Werfen des Wurfseils frischte ich meine einstige Fähigkeit wieder auf.

Denn mein Leben als Weidereiter auf unserer Ranch, dies lag lange zurück. Ein ganzer Krieg lag dazwischen.

Doch als Soldat war ich eigentlich auch ein Viehdieb gewesen, indem ich mit meinen Reitern der Unionsarmee aus deren Hinterland – also hinter den feindlichen Linien – Rinder- und Pferdeherden stahl.

Es war dann am vierten Tag, als wir endlich Besuch erhielten.

Es war einer der Nachbarn. Ellen erkannte ihn schon beim Heranreiten und rief es mir zu – denn ich wusch mich an der Pumpe, machte mich sauber vor dem Abendessen.

Sie rief mir zu: »Da kommt Hank Stonebreaker, Clay! Er ist unser nächster Nachbar. Ihm gehört die S-im-Kreis-Ranch!«

Ich sah dem Reiter entgegen und trocknete dabei meinen nassen Oberkörper ab.

Der Mann saß geschmeidig im Sattel, obwohl sein Bart schon grau war.

Als er dann bei mir anhielt, da sah ich in ein Falkengesicht und zwei Falkenaugen.

Er nickte mir zu.

»Ich habe schon in Tonto Lodge von Mrs Stella Benton gehört, dass Ellens Bruder sie schickte. Ich bin Hank Stonebreaker.«

Nach diesen Worten saß er ab. Als Nachbar und Freund musste er nicht darauf warten, dass man ihn zum Absitzen aufforderte.

Er stellte sein müdes Pferd an den Tränketrog und

lockerte dem Tier den Sattelgurt. Dann sah er mich wieder an. Wir betrachteten uns schweigend, und er gefiel mir von Anfang an. Denn es ist ja zumeist so, dass Männer vom ersten Moment an wissen, ob sie sich mögen oder nicht.

Ellen rief von der Veranda des Hauses herüber: »Kommt zum Essen! Es ist fertig!«

Und so gehorchten wir. Hank Stonebreaker hinkte leicht mit dem linken Bein. Doch sonst wirkte er sehr drahtig. Er trug auch einen Revolver wie ein Mann, der damit umgehen kann.

»Schön, dass du uns besuchst, Hank«, sagte Ellen. »Wo kommst du her? Und dein Bein ist wohl einigermaßen geheilt – oder?«

Sie wandte sich an mich und sprach ernst: »Brian Roberts schoss ihm das Pferd unter dem Sattel zusammen. Das Tier brach ihm das Bein, als es sich über ihn wälzte.«

Als sie verstummte, da erwiderte Stonebreaker ruhig: »Ja, es ist alles gut verheilt. Bald werde ich nicht mehr hinken. Ich komme vom Rim herunter, denn ich war auf der Mesa, um nach den Schafherden zu sehen. Und was ich sah ...«

Er brach ab und murmelte: »Ich erzähle es euch nach dem Essen. Danke, Ellen, dass du mich eingeladen hast. Ich habe seit gestern nichts gegessen. Denn ich war länger dort oben als ich eigentlich wollte.«

Wir begannen zu essen. Ellen hatte den Tisch auf der Veranda reichlich gedeckt, auch frische Bisquits gemacht. Es gab Truthahn, den ich am Vortag geschossen hatte.

Wir aßen schweigend. Es wollte kein gutes oder gar fröhliches Gespräch aufkommen.

Denn Ellen und ich, wir spürten, dass Hank Stonebreaker uns unerfreuliche Dinge erzählen würde. Er musste dort oben auf der Mogollon Mesa etwas erlebt oder gesehen haben, was ihn bis in den tiefsten Kern hinein getroffen hatte, so wie das bei jedem schrecklichen Erlebnis der Fall ist.

Er musste dort oben Böses und Schlimmes erlebt haben.

Als wir endlich die Mahlzeit beendet hatten, da sagte er: »Ellen, es hat mir sehr geschmeckt – trotz allem ...«

»Jetzt sprich dich endlich aus, Hank«, verlangte sie.

Es war fast Nacht geworden. Besonders unter dem Verandadach war es schon dunkler als draußen unter freiem Himmel, wo der Dunst die Sterne noch eine Weile verbergen würde wie ein graues Tuch blinkende Edelsteine.

Doch wir wussten, dass es abermals eine helle Nacht werden würde. Und all die Geheimnisse, die sonst die Dunkelheit verbarg, würden hinter den Sternen zu ahnen sein – dort im Weltall.

Hank Stonebreaker erhob sich und ging auf der Veranda sporenklingelnd hin und her.

Wir spürten, dass er nach Worten suchte.

Dann aber brach es aus ihm heraus. Denn er sprach knirschend: »Ich mag keine Schafe. Die kann kein Rindermann mögen, der um seine Weide fürchten muss. Aber was ich sah, dies wird auch eure Vorstellungskraft völlig überfordern. Ihr könnt euch das nicht vorstellen.«

»Waaas!« Ellen und ich, wir riefen es zweistimmig.

Und da sprach er fast tonlos:

»Ellen, drei deiner Cowboys sind verrückt geworden – richtig verrückt. Die sind vor Hass nicht mehr normal. Denn ich kann mir nicht vorstellen, dass du sie hinauf auf die Mesa geschickt hast, um schreckliche Dinge zu verüben. Sag mir, ob du sie hinauf geschickt hast!«

»Natürlich nicht, Hank«, murmelte Ellen fast tonlos. »Brian Roberts hatte sie davongejagt, drohte ihnen, sie zu töten, wenn er sie noch einmal zu sehen bekäme. Sie waren ihm nicht gewachsen, denn sie sind ja nur einfache Weidereiter, keine Revolverschwinger. Was haben sie dort oben getan, Hank? Sag es uns endlich.«

Nun forderte ihre Stimme energisch.

Und da sagte es uns Hank Stonebreaker endlich.

Langsam sprach er mit heiserer Stimme: »Es waren gewiss fast zehntausend Schafe, eine Riesenherde. Und sie stürzten an der steilsten Stelle über den Rim in die Tiefe. Sie waren in Panik versetzt worden, in gewaltige Panik. Denn der trockene Sagebush brannte meilenweit. Habt ihr schon mal Sagebushfeuer gesehen?«

Wir schwiegen und versuchten uns vorzustellen, wie es aussah, wenn einige Tausend Schafe tausend und noch mehr Fuß tief in eine Schlucht stürzten.

Es war unvorstellbar für uns.

Gewiss, wir mochten keine Schafe. Aber es war mehr Verachtung, kein Hass. Ja, wir verachteten diese Tiere mitsamt ihren Hirten.

Hassen taten wir ihre Besitzer.

»O Vater im Himmel«, hörten wir Ellen tonlos flüstern. »Die armen Tiere ... Sie so umzubringen, dies ist ein Verbrechen.«

Doch dann wurde ihre Stimme wieder kräftiger. Sie wandte sich an Hank Stonebreaker und fragte: »Und was könnten die davongelaufenen Reiter meiner Ranch damit zu tun haben? Warum sagtest du, dass sie verrückt geworden wären vor Hass?«

Ihre Stimme klirrte zuletzt.

Hank Stonebreaker kam wieder an den Tisch und begann sich eine Zigarette zu drehen. Erst als er rauchte, sprach er weiter: »Ich traf sie dort oben. Sie sagten mir, dass Brian Roberts sie davongejagt hätte wie räudige Hunde. Und zwei von ihnen hätten seine Reiter erschossen wie ihren Rancher, als sie sich die Rinder nicht stehlen lassen wollten. Sie wären Brian Roberts nicht gewachsen gewesen. Er hätte auch sie getötet wie ein Wolf drei kleine Pinscher. Aber sie würden es Brian Roberts' Auftraggebern heimzahlen. Ja, das sagten sie. Ich nahm es nicht so ernst. Für mich wollten sie sich in ihrem Hass nur durch Drohungen Luft machen, so wie es Schwächlinge und Verlierer ja immer wieder tun. Aber dann sah ich aus der Ferne, wie sie dort oben hinter der Herde den Sagebush anzündeten und davonritten wie vom Teufel gejagt. Es war kurz vor Nachtanbruch. Ich konnte sie in der fast taghellen Nacht erkennen.«

Er hatte nun alles gesagt.

Dann sah er mich in der Dunkelheit an, so gut er das noch konnte.

Er murmelte: »Brody, jetzt wissen Sie, was kommen wird. Es gibt einen großen Krieg mit vielen Toten. Es wird eine Menge Blut fließen. Und vielleicht jagen diese drei verrückt gewordenen Cowboys noch mehr Herden über den Rim in die Tiefe. Wenn man sie erwischen sollte, dann wird man sie totschlagen oder hängen. Denn die Hirten bei den Herden sind nicht ohne den Schutz von Revolverschwingern. Nun ...«

Er verstummte und erhob sich, verharrte noch stehend und fragte auf mich herab: »Was werden Sie tun, Clay Brody?«

Ich ließ mir mit der Antwort Zeit und fragte schließlich: »Wie viele Reiter können die vereinigten Rancher im Tonto-Becken aufbringen?«

Hank Stonebreaker schüttelte den Kopf. »Sie wurden fast alle davongejagt. Die meisten verließen das Tonto Basin. Nur wenige ganz Treue blieben. Wir bekommen kaum mehr als ein Dutzend zusammen. Mit uns Ranchern und deren Söhnen sind wir weniger als zwei Dutzend. Und wer weiß, ob alle mit uns reiten würden. Ich werde mich auf den Weg zum Gouverneur nach Phoenix machen. Er muss Bürgergarde hersenden. Oder das große Drama, welches sich hier abspielt, wird in die Geschichte eingehen, als ein weiteres Beispiel dafür, was Menschen sich alles antun können, wenn es um Macht und Profit geht. Die Schafherden brauchen Weide, viel Weide. Denn sie sind zu zahlreich. Und wo sie die Weide kahl gefressen haben, dauert es Jahre, bis sie wieder nutzbar wird.«

Er trat an den Rand der Veranda und warf die Kippe in den Staub des Hofes.

Dann aber wandte er sich noch einmal an mich und sprach: »Wenn Sie einer der Großen Ihrer Gilde sind, Clay Brody, dann müssen Sie Brian Roberts töten. Von ihm geht alles aus. Nur er hält die Revolvermannschaft zusammen. Und über ihn läuft auch das Geschäft mit den Viehdiebstählen. Ich reite jetzt heim zu meiner Frau. Die macht sich gewiss schon Sorgen um mich. Und morgen werde ich den anderen Nachbarn berichten, was ich dort oben auf der Mesa gesehen habe.«

Er ging nach diesen Worten zu seinem Pferd, saß auf und ritt davon.

Und was er gesagt hatte, das lastete nun auf mir wie eine gewaltige Last.

Ja, ich musste Brian Roberts aus diesem Spiel jagen – und wenn es sein musste, bis in die Hölle.

Ellen saß mit gefalteten Händen wieder am Tisch, so als wären ihr die Beine zu schwach geworden. Sie flüsterte: »Clay, es wird zu viel für dich. Und selbst wenn mein Bruder bald käme und ihr zu zweit sein würdet, es wäre auch zu viel für euch.«

Nach diesen Worten ging sie mit dem Rest des Geschirrs ins Haus.

Ich aber blieb sitzen in der nun kühler werdenden Nacht.

Was also konnte ich tun? Was sollte ich tun?

Gab es wirklich nur einen einzigen Weg? Würden alle Probleme gelöst werden, wenn ich Brian Roberts töten konnte – was ja auch längst noch nicht sicher war, wenn er wirklich der legendäre Revolvermann war, einer von den ganz Großen der Gilde, von denen es zwischen der Süd- und Nordgrenze kaum ein Dutzend gab. Vielleicht war ich ihm gar nicht gewachsen.

Denn ich würde ihn nicht aus dem Hinterhalt zu töten versuchen. Ich würde ihn nur zu einem Duell zwingen können.

Alles andere ging gegen meinen Stolz und meine Ehre.

Ich erhob mich, denn ich wollte die Nacht draußen auf der Weide verbringen.

Die kleine Herde der Lone Star Ranch sollte mir als Köder dienen. Denn irgendwann würden die Viehdiebe auch wieder hierher in den Canyon kommen, um den Rest der Rinder zu holen, den ich ihnen ja so bequem gesammelt hatte.

Ellen wusste Bescheid, dass ich draußen auf der Weide sein würde.

8

Als es Tag wurde, hatte ich umsonst auf Viehdiebe gelauert. Ellen wartete mit dem Frühstück auf mich, und als wir beisammen auf der Veranda saßen, sagte sie nach dem Kaffee ruhig: »Wenn ich wüsste, wohin ich mit meinem Sohn ziehen und für uns den Lebensunterhalt verdienen könnte...«

»Dann würdest du aufgeben?« Mit dieser Frage unterbrach ich sie.

Sie nickte stumm.

Dann sahen wir von Tonto Lodge her den Canyon herauf einen Reiter kommen.

Und als der Reiter endlich nahe genug war, da erkannten wir ihn. Denn es war ein sehr kleiner Reiter auf einem Pony.

Ellen strich sich mit der Hand eine Haarsträhne zurück und wischte sich dann über Stirn und Augen.

»Verdammt«, sprach sie vor Zorn fast fauchend, »kann man einem Jungen in diesem Falle den Hosenboden versohlen?«

Ich schüttelte den Kopf.

»Niemals«, sprach ich ruhig. »Der will zu seiner Mutter – und er will sie beschützen, ihr beistehen, so als wäre er sehr viel älter. Der kommt nicht, weil er einsam ist und sich ausweinen will. Der ist ein richtiger Junge, dein Sohn, Ellen.«

»Und der Sohn von John Savage«, sprach sie. »Er muss sich sein Pony, welches wir von hier mitgenommen hatten zu Tante Stella, mitten in der Nacht aus dem Stall geholt haben und losgeritten sein.«

Wir schwiegen nun und sahen Little Tommy entgegen.

Er kam mit einem unsicheren Lächeln herangeritten und hielt vor der Veranda an.

»Kannst du mir verzeihen, Mom?« So fragte er. »Aber ich konnte dich nicht länger allein lassen.«

Ellen erhob sich und wartete auf der Veranda, bis er in ihre Arme kam.

In ihrer Stimme war der Klang von Glück, als ich sie fast jubelnd sagen hörte:

»Oh, Tommy, wie sehr habe ich mich nach dir gesehnt! Ich bin so froh, dass du gekommen bist. Aber Tante Stella...«

»Der habe ich einen Zettel auf den Tisch gelegt. Ich kann ja schon lesen und schreiben.«

Tommys Stimme klang stolz.

Und ich sah mir das alles an und hörte es auch, dachte dabei: Ja, das ist was!

Dann sah Tommy mich an, hielt dabei immer noch die Hand seiner Mutter fest.

Wir betrachteten uns ernst und forschend.

»Willkommen, Tom«, sagte ich. Nein, ich nannte ihn nicht Tommy, denn ich wusste, dass er schon ein großer Tom sein wollte, so wie sein Onkel, für den ich hergekommen war.

Was für ein Junge! Und er ist erst acht Jahre alt. Was für ein Junge! So dachte ich. Aber zugleich sah ich ihm an, dass er müde war. Er musste die halbe Nacht auf dem kleinen Pony geritten sein.

Das war nicht leicht für einen kleinen Jungen. Er hörte das Geheul von Wölfen und Coyoten, und er hätte auch einem Bären oder Puma begegnen können. Und in all den Schatten im Canyon, den ja alle aufragenden Dinge warfen, konnten in der Vorstellung eines solchen Jungen drohende Geheimnisse lauern.

Es war für ihn gewiss so gewesen, als würde er in einen schwarzen Keller gehen. In solch einem Fall pfeifen kleine Jungen oder singen Lieder.

Ob auch er unterwegs gesungen oder gepfiffen hatte, um sich Mut zu machen?

Er dachte noch über meinen Willkommensgruß nach. Dann nickte er, indes er seine Hand aus der Hand seiner Mutter zog.

»Ich will dir helfen, so gut ich kann«, sprach er ernst. »Und wenn erst Onkel Tom hier bei uns ist, sind wir eine Mannschaft.«

Oha, was für ein Junge, so dachte ich wieder. Aber ich nickte ebenso ernst wie er.

»Wir werden ein gutes Team sein«, sprach ich. »Doch ich bin der Vormann, dem du gehorchen musst.«

»Sicher, Mister Brody«, erwiderte er.

»Für dich bin ich Clay.«

»Danke, Clay.«

Er wandte sich an seine Mutter, blickte schräg zu ihr hoch. »Ich habe gewaltigen Hunger, Mom. Und ihr habt wohl schon gefrühstückt?«

Ich war eine Stunde später unterwegs nach Tonto Lodge.

Denn ich musste Mrs Stella Benton Bescheid sagen, dass Tommy heil bei uns angekommen war. Er war ihr ja gewissermaßen ausgerissen, obwohl er einen Zettel hinterlassen hatte, wie er sagte.

Mrs Stella Benton würde dennoch mächtig besorgt sein.

Überdies musste ich in ihrem Store einige Einkäufe für uns machen.

Tommy war beim Frühstück fast eingeschlafen. Nun lag er in seiner Kammer im Bett.

Ellen hatte mich seltsam angesehen, als sie aus seinem Zimmer kam.

»Du verstehst dich auf Jungen«, hatte sie gesagt, und ich hatte erwidert: »Weil ich selbst mal einer war.«

Daran dachte ich wieder, indes ich durch den Canyon in Richtung Tonto Lodge ritt.

Einige Male hielt ich an und blickte den sanft ansteigenden Canyon hinauf nach Norden. Ich konnte die Ranch erkennen – und dann weit, ganz weit im Norden den Rim der Mogollon Mesa. Die Luft war noch kühl und trocken. Deshalb hatte ich meilenweite Sicht, weiter als fünfzig Meilen, bis dorthin, wo der Rim mit dem Himmel zusammenstieß.

Und so fragte ich mich, was dort oben hinter dem Rim wohl los war.

Eine Herde war in den Abgrund gejagt worden. Aber es gab ja gewiss noch einige andere Herden dort oben, die nach einem Abstieg suchten. Und sie alle konnten nicht auf diese schreckliche Art vernichtet werden, so als wären sie Ungeziefer.

Ich konnte mir auch vorstellen, dass man die drei Excowboys der Lone Star Ranch nun dort oben jagte.

Aber ich konnte ihnen nicht helfen, selbst wenn ich es gewollt hätte.

Was sie taten, war ein Verbrechen, ein Frevel der bösesten Art. Sie hatten unzählige wehrlose Tiere in den Tod gejagt.

Ich ritt weiter und fragte mich wieder einmal mehr, wann ich diesem Brian Roberts begegnen würde.

Ich wusste, der Tag würde kommen – und damit auch jene schwarze Sekunde, in der einer von uns sein Leben ließ oder wir beide uns gegenseitig umbrachten.

Aber ich konnte jetzt nicht mehr wegreiten, das Tonto Basin einfach verlassen.

Es ging nicht mehr, wegen Ellen und Little Tommy, der schon ein großer Junge sein wollte und doch noch so klein war.

Indes ich durch den Canyon ritt, sah ich noch einige Rinder mit dem Lone Star Brand. Ich merkte mir die Stellen und nahm mir vor, sie bei meiner Rückkehr von Tonto Lodge aus mitzunehmen. Wir mussten unsere nun so arg dezimierte Herde dichter bei der Ranch halten.

Ich sah auch einige Fährten im Canyon, die mir sagten, dass Reiter durch den Canyon ritten, die dann in den Querschluchten verschwanden.

Es war später Vormittag, als ich den kleinen Ort erreichte und mein Pferd vor dem Store an die Haltestange band.

Mrs Stella Benton kam heraus und fragte mit dem Klang von Sorge in der Stimme:

»Ist er bei euch auf der Ranch, dieser kleine Schlingel?«

»Er kam müde und hungrig kurz nach Sonnenaufgang an«, erwiderte ich. »Aber ich hätte es an seiner Stelle auch so gemacht.«

»Das glaube ich«, sprach sie etwas biestig. »Aber an die Sorgen der Mütter und Tanten denken diese Jungwölfe nicht. Und er wird ein stolzer Wolf werden wie sein Vater, den sie aus dem Hinterhalt töten mussten, um ihn bezwingen zu können. Kommen Sie herein, Clay Brody.«

»Ja, ich will einige Dinge kaufen, die uns auf der Ranch fehlen, weil die Schweinebande, die dort hauste, eine Menge versaute. Hier ist die Liste. Ich gehe indes in den Saloon. Oder können Sie mir irgendwelche Neuigkeiten erzählen, Stella? Wie stehen die Dinge im Basin? War Brian Roberts inzwischen mal wieder hier?«

Sie schüttelte den grauhaarigen Kopf. Ihr Gesicht war immer noch schön.

Sie sagte schließlich: »Wir denken hier in Tonto Lodge, dass sie die Rinder erst wegschaffen, die sie überall gestohlen haben. Sie müssen eine sehr große Herde gesammelt haben. Denn alle Ranches verloren eine Menge Rinder. Diese große Herde muss ziemlich weit getrieben werden. Dazu brauchen sie mehr als drei Dutzend Treiber. Und sie müssen wahrscheinlich mehr als zwei- oder dreihundert Meilen weit aus dem Tonto-Becken hinaus zu irgendwelchen Abnehmern. Aber diese Treiber mitsamt den Revolverschwingern müssen jetzt bald wieder zurückkommen – auch Brian Roberts –, um die Schafherden zu empfangen. Hank Stonebreaker war hier. Er sagte mir, dass er den Widerstand der Rancher organisieren will. Sie müssen die Schafe aufhalten oder zumindest dafür sorgen, dass sie nur auf einer einzigen Fährte durch das Becken nach Süden ziehen. Sonst ist hier alles auf Jahre ruiniert.«

Sie verstummte bitter.

Ich aber gab ihr die Liste unserer Bestellungen und machte mich auf den Weg zum Saloon. Einige Leute beobachteten mich.

Der Sattler saß vor seinem Laden und arbeitete an einem Sattel.

Ich hielt inne, weil er mir zunickte.

»Das wird ein prächtiger Sattel«, sagte ich anerkennend. »Sind das echte Silberbeschläge? Können Sie solch einen wertvollen Sattel hier verkaufen?«

Er nickte. »Den hat Brian Roberts bestellt und schon hundert Dollar Vorschuss gezahlt für das Material. Und was sollte ich machen? Konnte ich den Auftrag ablehnen?«

»Nein«, erwiderte ich und ging weiter.

»Ich muss leben«, sagte der Sattler hinter mir her.

Wenig später betrat ich den Saloon. Es war kühler hier drinnen. Denn draußen lag schon die Mittagshitze über dem kleinen Ort. Der Sattler hatte noch Schatten gehabt.

Im Saloon herrschte ein Halbdunkel. Als sich meine Augen daran gewöhnt hatten, sah ich an einem Ecktisch zwei Männer sitzen ganz hinten im langen Raum.

Aber der Wirt mit dem narbigen Gesicht eines ehemaligen Preiskämpfers stand hinter dem Schanktisch und schlug mit einem nassen Lappen einige Fliegen tot.

Dann sah er mich an und fragte: »Bier oder Brandy?«

»Bier«, erwiderte ich, »wenn es keine warme Pferdepisse ist.«

Er grinste, denn die Sprache verstand er. »Das Fass steht im Keller«, sprach er. »Ich pumpe es aus dem kühlen Keller hoch. Dies ist das beste Bier auf hundert Meilen in der Runde.«

Die beiden Männer am Tisch hinten in der Ecke lachten. Einer sagte biestig: »Es ist Pferdepisse, Mike, warme Pferdepisse!«

Der Wirt sagte nichts, aber ich erkannte in seinen Augen den Zorn. Er füllte dann wortlos mein Glas, schob es mir hin und beobachtete aufmerksam, wie ich trank. Ich leerte das halbe Glas, stellte es hin und wandte mich den beiden Gästen in der Ecke zu.

»Es ist keine warme Pferdepisse«, sagte ich zu ihnen hinüber.

»Habt ihr das gehört?« Der Wirt fragte es scharf, kaum dass ich verstummte.

Sie erhoben sich. Einer rief scharf: »Es ist Pferdepisse, verdammt, warme Pferdepisse!«

Sie waren Revolverschwinger der großspurigen Art. Jetzt, da sie standen, konnte ich sehen, wie sie ihre Revolver trugen. Und sie wollten sich offenbar die Langeweile vertreiben und kannten mich nicht.

Mike grollte nun: »Ich lasse mein Bier nicht beleidigen. Raus hier mit euch, raus aus meinem Saloon!«

Sie staunten. Ich aber sprach freundlich: »Vielleicht solltet ihr euch entschuldigen, Amigos. Kein Wirt lässt sein Bier beleidigen.«

Da lachten sie wild und voller Freude.

Ihre Hände klatschten gegen die Revolverkolben. Einer zischte: »Dir schießen wir den schönen Spiegel kaputt.«

Er meinte den Spiegel hinter dem Schanktisch, in dem sich alle Zecher betrachten konnten.

Sie hatten ihre Hände am Kolben.

Und da zeigte ich ihnen wieder meinen Zaubertrick. Sie sahen plötzlich in meine Revolvermündung und wussten, dass sie einen zweibeinigen Tiger angebellt hatten.

Ja, sie erschraken mächtig, und als ich sagte: »Raus hier!«, da stolperten sie hinaus aus dem Saloon.

Der Wirt lachte kehlig. Seine Augen leuchteten vor Freude.

»Das gefällt mir«, röhrte er aus seinem gewaltigen Brustkasten. »Und weil ich fair sein will zu Ihnen, gebe ich zu, dass mein Bier wirklich fast wie warme Pferdepisse schmeckt.«

Wir grinsten uns an und waren von diesem Moment an so etwas wie Freunde.

Ich leerte das Glas, denn ich war durstig genug, um auch warmes Bier zu mögen.

Aber als er das Glas nochmals füllen wollte, schüttelte ich den Kopf.

»Was waren das für Pilger?« So fragte ich.

»Die kamen gestern und fragten nach Brian Roberts«, erwiderte Mike. »Ich denke, sie wollen für Brian Roberts reiten.«

Ich nickte und dachte nach.

Dann fragte ich: »Und wo mag dieser Brian Roberts jetzt sein?«

Der Wirt sah mich noch einmal prüfend an. Dann murmelte er: »Ein Wirt oder Barmann erfährt viel, besonders dann, wenn großmäulige Burschen betrunken sind. Und wenn er schlau ist, dann behält er alles für sich und schweigt wie ein Grab. Aber Ihnen will ich ein Geheimnis verraten, Clay Brody. Das ist doch Ihr Name? Stella Benton nannte ihn mir. Und Stella ist meine Freundin.«

Er machte eine Pause und schlug abermals mit dem feuchten Lappen nach einigen Fliegen. Dann aber entschloss er sich endgültig.

Er beugte sich weit über den Schanktisch und sprach: »Es gibt etwa sechzig Meilen von hier ein Tal. In diesem Tal liegt die Pleasant Ranch. Dort sammelt Brian Roberts die gestohlenen Herden zu einer Riesenherde. Er kann sie hier im Südwesten nicht loswerden in solchen Mengen. Nur die Minen weiter im Süden – zum Beispiel bei Tombstone, Tucson und Silver – nehmen einige Dutzend. Brian Roberts muss die Riesenherde – es müssen inzwischen mehr als zehntausend Longhorns sein – eines Tages nach Kansas treiben, mitten durch die Bunte Wüste und zu einer Jahreszeit, in der es regnet. Das wird er tun, sobald die Schafherden das Tonto Basin besetzt haben. Brody, wenn Sie Brian Roberts suchen, dann finden Sie ihn im Valley der Pleasant Ranch. Und wenn Sie ihn dort töten, dann kann er nicht mehr nach hier zurück. Dann ist die ganze Horde seiner Revolverschwinger ohne Führung.«

Er richtete sich wieder auf und schlug abermals mit dem Lappen nach Fliegen.

Ich aber dachte nach. Meine Gedanken wollten sich jagen, doch ich zwang mich zum ruhigeren Denken.

Dann nickte ich ihm zu, zahlte das Bier und ging hinaus.

»Viel Glück«, sagte er hinter mir her.

Ich winkte nur über die Schulter zu ihm zurück.

Die beiden Burschen, die ich aus dem Saloon jagte, waren verschwunden mitsamt ihren Pferden, die vor dem Saloon angebunden gewesen waren.

Ich machte mich auf den Weg zum Store und zu Stella Benton.

Sie hatte unsere Bestellungen in zwei Säcke gepackt, die ich rechts und links ans Sattelhorn hätte hängen können.

Doch das wollte ich nicht mehr.

Deshalb fragte ich: »Stella, ist es möglich, dass jemand diese Dinge zu Ellen bringt – dazu noch einen Brief von mir?«

Ihre Augen wurden weit.

»Wollen Sie fort, Clay Brody?«

»Ich weiß nun, wo ich Brian Roberts finden kann«, erwiderte ich.

Stellas Augen wurden schmal.

»Ja, ich könnte Pete zu Ellen schicken. Und Sie schreiben ihr, Clay, dass Sie zurückkommen werden?«

»Wenn ich Brian Roberts schaffe«, erwiderte ich.

9

Ich war wenig später wieder unterwegs, aber diesmal nicht zurück zu Ellen und zur Lone Star Ranch.

Ich ritt nach Süden, und es war leicht für mich, den Rinderfährten zu folgen.

Es waren viele Fährten. Denn es wurden in den letzten Wochen viele kleine Herden aus dem Tonto-Becken nach Süden getrieben.

Es gab ja keine andere Möglichkeit für die Viehdiebe. Sie konnten um diese Jahreszeit nicht nach Norden zur Mesa hinauf, auch nicht nach Westen oder durch die Bunte Wüste nach Nordosten.

Brian Roberts musste seinen großen Raub nach Süden treiben, dort sammeln und auf die andere Jahreszeit warten, wenn die Bunte Wüste überall Wasser bekam, die Creeks und Wasserstellen gefüllt waren und die Bunte Wüste tatsächlich in bunter Blütenpracht prangte.

Ich ritt also auf alten und neuen Rinderfährten.

Stella hatte mich gut ausgerüstet mit einigen besonderen Dingen.

Ich wusste nicht, wie Brian Roberts aussah, doch ich war mir sicher, dass ich ihn sofort erkennen würde, so wie ein Wolf den Artgenossen erkennt.

Mein Weg war weit. Ich würde den ganzen Tag, die lange Nacht und gewiss auch danach noch viele Meilen reiten müssen.

Dann war ich verdammt weit weg von Ellen und Little Tommy.

Dennoch wollte ich es wagen.

Denn nur so konnte ich den gefährlichsten Mann vom Tonto Basin fernhalten und seine ganze Horde, die aus Viehdieben und Revolverschwingern bestand, führungslos machen.

Ich ritt also weiter von Tonto Lodge aus nach Süden, nicht den umgekehrten Weg durch den Canyon nach Norden zurück zur Ranch.

Ellen hatte ich alles mit wenigen Zeilen erklärt. Pete war schon zu ihr unterwegs.

In mir waren viele Gedanken, indes ich meinen Wallach manchmal traben und dann wieder im Schritt gehen ließ.

Und so kam ich wieder einmal auf den Kern der Dinge.

Brian Roberts hatte einen oder mehrere Auftraggeber. Denn so wie damals Fürsten und Könige ihre Feldherren aussandten, um Land zu erobern, Schätze zu erbeuten – man braucht da nur an Columbus, Cortez, Pizarro und andere zu denken –, so war auch Roberts angeworben worden.

Es musste also mächtige Hintermänner geben, denen die riesigen Schafherden gehörten, so wie zum Beispiel auch Eisenbahnen, Reedereien, Bergwerke und andere Unternehmungen.

Denn das war das Spiel der mächtigen Magnaten.

Sie ließen Männer wie Brian Roberts die Drecksarbeit machen.

Und so fragte ich mich, ob es mir gelingen würde, Roberts dazu zu bringen, mir seine Bosse zu nennen, mir zu sagen, wo ich sie finden konnte.

Es waren also viele Gedanken in mir, indes ich Meile um Meile ritt.

Dann wieder fragte ich mich, ob ich mich nicht überschätzte. Denn ich war verdammt allein. Was vermochte ich allein schon auszurichten?

Und so musste ich immer wieder alle aufkommenden Zweifel unterdrücken, sie gewissermaßen trotzig zum Teufel jagen.

Als es Nacht wurde, hatte ich gut zwanzig Meilen durch raues Land geschafft und rastete an einer verborgenen Wasserstelle, von der bei meinem Kommen einige Wölfe knurrend verschwanden. Denn sie hatten hier auf der Lauer gelegen, weil sie wussten, dass für sie jagdbares Wild zum Wasser kommen musste.

Doch an mich wagten sie sich nicht heran.

Ich ritt zwei Stunden später weiter, und die Nacht war wieder hell.

Die vielen Rinderfährten waren gut zu erkennen.

Rechts von mir zogen sich die Mazatzal Mountains von Nord nach Süd, aber sie lagen in weiter Ferne.

Vor mir musste der Tonto Creek sein, der von seiner Quelle einen Halbkreis um die Sierra Anchas machte, bevor er nach Süden floss.

Ich hatte mir das vor einigen Tagen auf einer Karte auf der Ranch angesehen.

Ich ritt in dieser Nacht durch Schluchten, Canyons,

über Grasebenen, durch Kakteenwälder und Nadelwälder. Es war ein sehr abwechslungsreiches Land.

Und die Rinderfährten vereinigten sich in den Schluchten des Canyons zu einer breiten Fährte, welche stets in die gleiche Richtung führte, nur manchmal kleine Umwege machen musste, weil das raue Land dies erforderlich machte.

Aber schließlich ging es immer weiter nach Süden.

Dort also musste das Tal der Viehdiebe sein.

Als es Tag wurde, erreichte ich im Morgengrauen das Maul einer breiten Schlucht, in die ein Creek floss.

Der Hufschlag war in der Morgenstille gewiss eine halbe Meile weit zu hören gewesen. Denn die Eisen meines Wallachs stießen manchmal gegen Steine.

Und so war es wahrscheinlich gar nicht verwunderlich, dass mich am Schluchteingang zwei Reiter erwarteten, die mir den Weg versperrten.

Als ich vor ihnen anhielt, da fragte einer: »Wer bist du und wohin willst du?«

»Ich reite nur meines Weges«, erwiderte ich.

»Aber hier kommst du nicht weiter. Dieser Weg hier führt zur Pleasant Ranch, und wir lassen keine Fremden über unsere Weide reiten. Hau ab!«

Es war zuletzt ein barscher Befehl.

Und ich wusste, dass sie zu den Viehdieben gehörten, die das Tonto-Becken ausgeplündert hatten.

Sie verdienten keine Gnade, denn es hatte unter den Cowboys der Ranches Tote gegeben, und reichlich Blut war geflossen.

Und so machte ich es kurz und knapp. Denn ich sagte: »Ich bin hinter unseren gestohlenen Rindern her. Alle Fährten führen zu euch. Ich wette, eure Weide ist voller Rinder, die ihr gestohlen habt.«

Sie waren Narren. Sonst hätten sie erst nachgedacht und begriffen, dass ich so offen redete, weil ich mich ihnen gewachsen fühlte. Und dann hätten sie nicht fluchend nach den Revolvern geschnappt.

Ich schoss sie aus den Sätteln, und die Schüsse verhallten im Morgengrauen.

Langsam saß ich ab und dachte dabei bitter: Ja, es ist Krieg.

Sie waren zwei Zerberusse.

Jener wachsame Höllenhund mit drei Köpfen der griechischen Sage, der die Unterwelt bewachte, war damals allein. Sie waren zu zweit und hatten jeder nur einen Kopf. Und so war es wohl sehr viel leichter, sie zu besiegen.

Ich musste sie verschwinden lassen. Ihre Ablösung, die irgendwann kommen würde, durfte sie nicht finden.

Es war dann schon richtiger Tag, als ich weiter in die Schlucht ritt.

Nun war ich ganz und gar ein Revolvermann. Wieder lag ein Kampf hinter mir.

Die Schlucht war etwa eine halbe Meile lang, dann hatte sie den Bergrücken durchbrochen und mündete in das große Tal.

Heiliger Rauch, was für ein wunderschönes Tal war das!

Ich begriff in dieser Minute, das Brian Roberts dieses schöne Tal nicht mit Rindern füllte, um sie später irgendwohin zum Verkauf zu treiben.

Nein, er nahm dieses gewaltige Tal mit den gestohlenen Herden in Besitz und würde gewiss dafür sorgen, dass es von Schafen nicht ruiniert werden konnte. Denn nur durch diese Schlucht konnte man hinein.

Das war es also.

Ich hielt am Schluchtausgang in guter Deckung und sah die Ranch. Sie lag etwa eine Meile weiter im Tal inmitten saftiger Weiden. Ein Creek schlängelte hindurch. Ich sah einige kleine Seen, und es gab auch Waldstücke.

In meilenweiter Runde wurde das Tal von steilen Hängen umgeben, die mit Wald bestanden waren. Die Ranch selbst war kein imposantes Anwesen. Sie bestand nur aus einigen Hütten und Corrals.

Brian Roberts hatte noch nichts Imposantes aufbauen können und eigentlich nur eine gute Weide besetzt, die bis vor kurzer Zeit noch von den Apachen beherrscht wurde, sodass sich bisher noch niemand hier hatte niederlassen wollen.

Stella Benton hatte mir ein Glas mitgegeben, durch welches ich die Ranch betrachten konnte, als wäre sie nur wenig mehr als hundert Yards von mir entfernt.

Und da sah ich Brian Roberts zum ersten Mal.

Ja, ich wusste sofort, dass er es war.

Denn man brachte ein Pferd zu ihm, einen rabenschwarzen Rappen, welcher unruhig tänzelte und sich immer wieder aufbäumen wollte. Der Schwarze musste ein Hengst sein, und sie konnten ihn nur unter Kontrolle halten, weil er eine spanische Kandare im Maul hatte, die mit ihrer grausamen Hebelwirkung dem Tier die Grenzen aufzeigte.

Brian Roberts saß mit einem Comanchensprung im Sattel und brachte das Tier sofort unter Kontrolle.

Außer ihm saßen noch zwei Dutzend Reiter auf und formierten sich hinter ihm zu einer Doppelreihe, so als wären sie eine Armeepatrouille.

Sie kamen auf das Schluchtmaul zugeritten, wo ich

mich ja in guter Deckung aufhielt, um die Ranch erst einmal mit dem Fernglas zu beobachten.

Ich begriff, dass Brian Roberts mit seiner Revolvermannschaft zurück ins Tonto Basin wollte. Denn in diesen Tagen würden die Herden vom Rim abwärts ins Becken kommen. Und dann musste er jeden Widerstand der Rinderzüchter gebrochen haben.

Ich war also zu spät hierhergekommen. Jetzt inmitten oder an der Spitze seiner Reiter konnte ich nichts gegen ihn unternehmen.

Ich hatte gehofft, ihn vielleicht allein stellen und zu einem Duell zwingen zu können. Vielleicht hätte ich die Ranch tagelang belauern müssen, um eine solche Chance zu bekommen. Und er hätte allein ausreiten müssen – vielleicht um sein erobertes Reich zu inspizieren, so wie es ja jeder Rancher manchmal tat.

Ich zog mich tiefer in Deckung zurück. Doch zuvor hatte ich ihn durch das scharfe Glas, welches eine ruhige Hand verlangte, genau betrachtet.

Ja, er wirkte beachtlich, und ich spürte instinktiv, dass er mir gewachsen war und unser Zusammentreffen vielleicht keinen Sieger haben würde.

Und so verspürte ich sogar für einen Moment ein Gefühl der Erleichterung.

Aber im nächsten Moment begriff ich, dass es eigentlich keinen Aufschub geben durfte. Ich musste ihn aus diesem Spiel werfen.

Er saß geschmeidig im Sattel, hatte den verrückten Hengst völlig unter Kontrolle. Das Tier wusste gewiss längst, dass es ihm gehorchen musste, weil es sonst abermals eingebrochen werden würde.

Brian Roberts war gewiss so groß und so schwer wie ich. Nur sein Haar war von einer anderen Farbe. Gelb und gelockt fiel es unter dem schwarzen Hut mit flacher Krone bis auf seine Schultern nieder.

Und er trug zwei Revolver im Kreuzgurt.

Dies jedoch beeindruckte mich nicht besonders. Denn ich wusste, es gab keine Zweihandschützen, die mit beiden Händen im Ziehen und Schießen gleich schnell waren.

Der zweite Revolver war mehr oder weniger ein Bluff.

Sie kamen immer näher. Ich saß ab und hielt meinem Wallach die Nüstern zu. Denn er durfte nicht schnauben, wenn die Kavalkade an uns vorbeiritt und in der Schlucht verschwand.

Und so war es auch.

Sie entdeckten mich nicht und ritten hinein.

Und ich fragte mich, was Brian Roberts tun würde, wenn er seine beiden Zerberusse nicht am Schluchteingang vorfand. Würde er nach ihnen suchen lassen oder glauben, dass sie desertiert wären?

Aber ich hatte die beiden Toten gut versteckt und ihre Pferde davongejagt.

Doch ihr Verschwinden würde ihn gewiss beunruhigen.

Er konnte auch vermuten, dass Apachen – von denen immer noch welche auf Raubzügen waren, weil junge Krieger aus den Reservaten bei Fort Aache ausbrachen – hier zugeschlagen hatten.

Ich konnte nur hoffen, dass er es eilig hatte, um nach Tonto Lodge zu kommen.

Ich begann es mir bequem zu machen. Denn bevor ich irgendetwas unternahm, musste ich erst noch die Ranch beobachten, mich auch ausruhen vom langen Ritt. Vor allem aber brauchte mein Wallach Schonung.

Vorerst konnte ich gar nichts tun, nur ausruhen und beobachten.

Es war gegen Abend, als ich in Tätigkeit geriet. Nun war ich ausgeruht und hatte auch genug beobachtet.

In einer der Hütten hielten sich fünf Männer auf. Einer davon war der Koch, die anderen vier hielt ich für Cowboys, ja, richtige Cowboys, die sich um die Rinder im Tal kümmern sollten.

Ich hatte versucht, die Menge der Rinder abzuschätzen und war auf eine gewaltige Zahl gekommen. Ja, es konnte durchaus sein, dass es zehntausend waren, die man von den Ranches im Tonto-Becken weggetrieben hatte.

Offenbar konnten sie aus dem weiten Tal nicht fortwandern, und so hatten Brian Roberts' vier Weidereiter nur das Raubwild zu jagen und die Wasserstellen zu säubern. Für diese Arbeit brauchte Brian Roberts keine Revolverschwinger.

Als ich zu ihnen in die Hütte trat, saßen sie an einem langen Tisch und mampften so emsig, dass ihre Ohren wackelten.

Sie staunten mich an und waren arglos. Denn sie glaubten ja, dass die Zugangsschlucht bewacht würde.

Im Lampenschein betrachteten sie mich – und ich sie.

Dann sagte ich zum Koch, der im Durchgang zur Küchenhütte erschien: »Ist noch etwas da für mich, Doc?«

Ranchsköche wurden stets Doc genannt, weil von ihnen erwartet wurde, dass sie sich auch um Kranke kümmerten und leichte Wunden versorgten. Die meisten Köche hatten auch gute Salben für Mensch und Tier.

Der Koch nickte mir zu. »Sicher habe ich noch was. Es gibt Hirschbraten, kein Rind, richtigen Hirschbraten.«

Ich setzte mich also an den Tisch, bekam den gefüllten Teller und begann meinen Hunger zu stillen.

Die Blicke der Männer trafen immer wieder meinen Blick. Doch weil sie spürten, dass ich nicht zu ihrer einfachen Sorte gehörte und sie mich für einen Revolverschwinger hielten, den Brian Roberts hergeschickt hatte, sagten sie nichts.

Aber ich sprach dann, als wir alle satt waren: »Jungs, Brian Roberts hat die beiden Schluchtwächter mitgenommen. Ihr seid jetzt mit all den gestohlenen Rindern allein in diesem schönen Tal. Habt ihr keine Sorgen, dass die Besitzer dieser Rinder kommen könnten, um euch aufzuhängen?«

Sie erschraken plötzlich und staunten mich an.

Einer fragte: »He, wer sind Sie?«

»Ich vertrete die Rancher im Tonto Basin«, erklärte ich ihnen. »Euren Boss Brian Roberts seht ihr nicht wieder. Und so habt ihr eigentlich nur zwei Möglichkeiten, die von mir abhängen.«

Ich machte eine Pause und gab ihnen Zeit, ihre Situation zu überdenken.

»Welche?« So fragte einer.

»Entweder behandle ich euch wie die Helfer von Viehdieben oder ich stelle euch als Weidereiter ein, die alle Rinder der vereinigten Rancher des Tonto-Beckens in diesem Tal beisammen halten, bis die Herden wieder abgeholt und zurück ins Becken getrieben werden. Ihr müsst also die Seiten wechseln. Brian Roberts seht ihr nicht wieder. Na?«

Ich fragte es scheinbar freundlich, aber sie hörten die Härte dennoch in meiner Stimme.

Der Koch stand immer noch in der offenen Tür zur Küche.

Nun mischte er sich ein und sagte: »Wir wurden angeworben, um auf die Rinder zu achten und die wenigen Aus- und Zugänge zu diesem Tal abzusperren. Denn da gibt es einige Zäune. Für uns war Brian Roberts nun mal der Boss, wie es jeder andere Rancher auch gewesen wäre. Wir kamen von Tucson herauf und wollten eigentlich ein paar Rinder für die Minen holen. Wir würden gerne den angebotenen Job annehmen, zumal – wie Sie sagten – Brian Roberts nicht wieder herkommen wird.«

Als er verstummte, nickten die vier Cowboys heftig.

Es waren einfache Burschen, und vielleicht war es wirklich so wie der Koch sagte.

Was hätte ich sonst mit ihnen machen sollen? Ich musste sie anwerben und ihnen nun vertrauen.

Davonjagen hätte keinen Sinn gehabt. Denn ich musste wieder zurück.

Und vielleicht achteten sie tatsächlich auf die geraubten Herden der Rancher, nicht nur auf die Rinder der Lone Star Ranch, deren Brandzeichen ich schon auf einigen Rindern gesehen hatte.

10

Es war ein weiter Weg zurück, und ich würde fast zwei Tage nach Brian Roberts in Tonto Lodge oder auf der Ranch eintreffen.

Was würde in dieser Zeit geschehen sein?

Wo würde ich Brian Roberts finden?

Waren die Schafe schon herunter ins Becken gekommen da und dort, wo es Abstiegsmöglichkeiten gab auf schmalen Pfaden?

Und was hatte der Rancher Hank Stonebreaker, der Ellens Nachbar war, inzwischen in Gang gebracht? Er kannte ja die anderen Viehzüchter im Becken und wollte sie aufsuchen und vereinen.

Ich hätte das nicht gekonnt, denn mich kannten sie nicht. Aber dieser Hank Stonebreaker besaß einigen Einfluss, was mit seiner Ausstrahlung zusammenhing. Er war einer dieser Männer, die zumeist in Notzeiten von einer Gemeinschaft als Anführer gewählt werden. Und er wollte ja sogar zum Gouverneur nach Phoenix.

Was also hatte dieser Mann inzwischen in Gang gebracht?

All diese Fragen gingen mir immer wieder durch den Kopf, indes ich Meile um Meile zurücklegte.

Mir war jetzt auch klar, warum Brian Roberts so lange abwesend war.

Er hatte sich um die gestohlenen Herden in dem schönen Tal kümmern müssen. Und jede dieser Herden hatte einen langen Treibweg von zumindest sechs Tagen bewältigen müssen.

Er hatte sich also um den großen Raub kümmern müssen.

Dass drei seiner Revolverschwinger Ellens Ranch besetzt hielten, hatte einen besonderen Grund. Denn die erste Schafherde, die vom Rim abwärts kam, sollte durch den breiten Canyon der Lone Star Ranch ins Becken ziehen. Deshalb wurde Ellens Mann getötet und seine Witwe mit dem Sohn von der Ranch gejagt.

Alles bekam jetzt für mich seinen Sinn.

Und nur weil die drei Excowboys der Ranch die riesige Schafherde über den Rim in die Tiefe jagte, war der Canyon noch nicht voller Schafe.

Ich wäre am liebsten im Galopp geritten, aber dann wäre mein Wallach gewiss bald unter mir zusammengebrochen.

Ich musste meine Ungeduld bezähmen.

Ich ritt den ganzen Tag und die darauf folgende Nacht, legte nur kurze Pausen ein, massierte mein Pferd und schlief einmal zwei Stunden.

Als die Nacht im Osten heller wurde, da sah ich zwei oder drei Lichter vor mir und wusste, dass es Tonto Lodge war. Dort schlief gewiss noch alles. Die Lichter waren Laternen im Wagenhof der Schmiede, zu der auch ein Mietstall gehörte. Und auch die Veranda des Saloons und der Store waren von Laternen erhellt.

Ich ritt in den Hof des Store.

Oben öffnete sich ein Fenster. Stella Bentons Stimme fragte durch die Morgennebel nieder: »Wer ist dort?«

»Ich bin es, Stella, ich, Clay Brody.«

»O Vater im Himmel, Sie sind also doch wieder zurück«, hörte ich sie sagen. Dann fügte sie hinzu: »Ich komme herunter und öffne die Tür. Was ist mit Ihrem Pferd, Clay? Ich kann Pete wecken, der im Lager schläft. Der kann sich um das Tier kümmern und es versorgen.«

Ich saß ab und nahm dann in der Küche Platz, staubig

und verschwitzt wie ich war vom langen Reiten. Die Müdigkeit kroch wie Blei durch meine Glieder. Ich blinzelte gegen das Lampenlicht an.

Stella stand im Morgenrock am Herd und briet Eier mit Speck, kochte Kaffee und wärmte die Bisquits vom Vortag in einer Bratpfanne auf, sodass sie wieder knusprig wurden. Ich spürte trotz meiner Müdigkeit einen bösen Hunger.

Doch dann fragte ich: »Brian Roberts?«

Ich wusste, dass ich nur seinen Namen nennen musste.

Stella brachte mir den Teller mit den Eiern und dem gebräunten Speck, holte den Kaffee und die Bisquits und setzte sich zu mir.

»Ja, er kam gestern mit seiner Revolvermannschaft«, sagte sie. »Aber sie ritten nach einem Drink im Saloon sofort weiter in Richtung Rim. Man spricht hier in Lodge, dass jetzt die Schafe herunter ins Becken kommen würden. Und Hank Stonebreaker hat alle Rancher vereint. Clay, der Krieg kann jede Stunde losbrechen. Und was haben Sie weiter im Süden erreicht, Clay Brody?«

In ihrer Stimme war ein leiser Anklang von Nachsicht oder Bedauern, nein, kein Vorwurf.

Ich erzählte ihr alles, was ich erlebt hatte und schloss mit den Worten: »Immerhin wissen wir jetzt, dass die gestohlenen Herden nicht verloren, sondern dort in jenem schönen Tal zu finden sind. Wir können sie uns zurückholen.«

»Wenn ihr den Krieg gewinnen könnt«, verbesserte sie mich. »Nur dann.«

Ich nickte und leerte die Kaffeetasse. Dann sprach ich: »Und wir können den Krieg gewinnen, wenn ich

Brian Roberts im Duell besiegen kann. Ich bin verdammt weit und lange geritten, um das zu versuchen, leider vergebens. Doch ich versuche es weiter.«

»Erst werden Sie sich ausruhen, Clay«, sprach sie. »Ich mache Ihnen in der Waschküche den Badezuber voll. Und Sie bekommen frisches Zeug von Kopf bis Fuß. Basta!«

Ich erwachte am späten Mittag. Stella saß neben meinem Bett. Ich hatte wahrscheinlich ihre Nähe gespürt und war deshalb aufgewacht.

»Es kamen Nachrichten«, sagte sie ernst, nachdem sie erkannte, dass ich nicht mehr schlaftrunken, sondern hellwach war.

Dann sprach sie weiter. »Die Rancher mit all ihren Reitern – es sind ja zumeist ihre Söhne und Verwandte, dazu wenige getreue Reiter, die sich nicht verjagen ließen – haben sich bei Ellen auf der Lone Star Ranch versammelt, um den Canyon zu sperren. Denn allen wurde klar, dass die Schafe durch den Canyon ins Basin wollen. Clay, jetzt müssen Sie hin.«

Ja, sie sah es richtig. Ich musste verdammt schnell hin.

Sonst brach ohne mich die Hölle los.

Und so erhob ich mich, nachdem Stella die kleine Schlafkammer verlassen hatte.

Pete hatte hinter dem Store im Hof mein Pferd angebunden. Der Wallach sah wieder einigermaßen erholt aus. Pete hatte ihn gestriegelt und alle Kletten aus seinem braunen Fell entfernt, auch abgewaschen. Ja, Brown – so nannte ich ihn – sah wieder gut aus.

Pete war ein kleiner, alter Bursche, ein Wurzelzwerg

sozusagen von unbestimmbarem Alter, der in einem Schuppen schlief und in Tonto Lodge alle Arbeiten verrichtete, die niemand sonst machen wollte.

Er säuberte Brunnen, leerte die Tonnen der Abortgruben und holte Brennholz für die Küchen des kleinen Ortes.

Er konnte fünfzig, aber auch sechzig Jahre alt sein. Sein Runzelgesicht war voller Sommersprossen.

Er wartete bei meinem Pferd und sah mich ernst an.

»Ich würde gerne mitkommen«, sprach er. »Doch ich wurde nicht als Krieger geboren. Ich würde gern ein Krieger sein, keine Arbeitsbiene.«

»Aber die muss es auch geben«, erwiderte ich. »Das ist von der Schöpfung so gewollt, und vielleicht ist es in unserem nächsten Leben umgekehrt, dann sind Sie ein Krieger, Mister Pete.«

Er sah mich mit funkelnden Augen an und erkannte, dass ich nicht spottete.

»Hier in Lodge sagt niemand Mister Pete zu mir«, sprach er. »Aber ich bedanke mich für den Respekt, den Sie mir erweisen.«

Ich erwiderte nichts, saß auf und ritt aus dem Hof des Store nach vorn auf die staubige Straße.

Nun sahen sie mich alle – der Sattler vor seinem Laden, Mike Lonnegan, der Wirt der Saloons, der Schreiner und Leichenbestatter – und einige andere Bürger des kleinen Ortes. Auf der Saloonveranda saßen einige Maultiertreiber mexikanischer Abstammung, die mit ihren Maultieren Waren jeder Art dorthin brachten, wo das mit Wagen nicht möglich war.

Ich ließ meinen Braunen antraben und hinterließ hinter mir eine Staubwolke. Wenig später ritt ich in den hier noch flachen und nur sanft ansteigenden Canyon der Lone Star Ranch hinein.

Bis zu Ellen waren es nur noch sieben Meilen.

Meine Sorge, dass ich zu spät kommen könnte, erwies sich als unbegründet.

Denn schon als ich mich der Ranch näherte, sah ich all die vielen Sattelpferde in den Corrals oder bei den Tränketrögen. Im letzten Licht der Abendsonne sah ich auch die Männer, zu denen die Pferde gehörten. Sie hatten es sich überall in der weiten Runde des Ranchhofes bequem gemacht, um zu warten auf etwas, was sie stark bedrückte.

Es konnte nur das Reiten in den Kampf sein.

Aber nur verrückte Narren ritten freudig in einen Kampf, um zu töten oder zu sterben. Doch es gab immer wieder die Pflicht zum Kämpfen.

So war es jetzt wohl hier.

Als ich vor der Veranda anhielt, da sah ich zum ersten Mal auch die anderen Rancher des Tonto Basin. Sie alle mussten hergekommen sein mit ihren Getreuen.

Sie betrachteten mich im letzten Tageslicht.

Ellens Stimme sagte in die Schweigsamkeit: »Gut, dass du gekommen bist, Clay Brody. Hast du uns etwas zu sagen, was wir wissen sollten, bevor wir reiten und kämpfen müssen?«

Ich sah sie mir alle schweigend an. Sie saßen da und dort verteilt auf der Veranda. Es waren sieben Männer, und sie alle waren älter als ich. Sie hatten sich hier etwas aufgebaut für die nächsten Generationen.

Und nun war alles gefährdet. Ich erkannte den bitteren Zorn in ihren Gesichtern, aber auch eine Entschlossenheit.

Noch blieb ich im Sattel und legte die Hände aufs Sattelhorn.

Und dann erzählte ich ihnen, was ich erlebt und schon Stella Benton erzählt hatte.

Ich schloss mit den Worten: »Leider konnte ich Brian Roberts nicht zum Duell fordern inmitten seiner Revolvermannschaft. Es gab keine Möglichkeit, ihn allein zu stellen. Doch eines wisst ihr nun zumindest, nämlich, dass eure Herden nicht verloren sind, es euren Longhorns gut geht in jenem schönen Tal und ihr sie euch zurückholen könnt, wenn ihr diesen Krieg gewonnen habt.«

Ich saß nach diesen Worten ab.

Tommy kam herbei und nahm mir den Braunen ab, um ihn irgendwo anzubinden.

Er strahlte stolz zu mir hoch und sagte: »Ich habe immer gewusst, dass du zu uns zurückkommen würdest, Clay.«

Dann ging er und zog den Braunen an den langen Zügeln hinter sich her.

Ich stieg zur Veranda hinauf und sah mir die Männer noch einmal an.

Ellen trat neben mich und stellte sie mir vor. Hank Stonebreaker kannte ich schon.

»Das ist Jubal Hardin von der Hut-Ranch«, sagte sie. »Er ist mit seinen drei Söhnen und zwei Reitern hier.«

Sie nannte mir dann noch alle anderen Namen und die Zahl ihrer Söhne, Reiter und Schwiegersöhne.

Dann endete sie mit den Worten: »Auch die drei Reiter meiner Ranch kamen zurück. Clay, wir sind fast dreißig Reiter, mich mitgezählt. Denn auch ich werde mitreiten.«

»Das wirst du nicht«, erwiderte ich. »Keine Frau wird mit uns in den Krieg reiten. Für dich reite ich. Hast du deinen Sohn vergessen?«

»Nein«, erwiderte sie trotzig. »Der ist von Tante Stella auf seinem Pony hergekommen und wird den Weg zu ihr auch wieder zurückfinden.«

»Dann werden wir dich hier anbinden müssen«, drohte ich.

Ich sah mich wieder um. Einige Männer grinsten. Einer sagte grimmig: »Frauen...«

Ich wandte mich an Hank Stonebreaker: »Auf was warten wir noch?«

Er nickte mir zu und wandte sich dann an die anderen Rancher.

»Ihr habt es gehört. All unsere Herden können wir uns zurückholen. Wir müssen nur Brian Roberts und dessen Revolvermannschaft schlagen und die Schafe von unserer Weide fernhalten. Es ist ganz einfach.«

Sie hörten es. Einige fluchten bitter, andere stießen ein grimmiges Lachen aus.

Dann erhob sich Jubal Hardin. Er sah fast wie ein Indianer aus, ein Comanche.

Aber er sagte rau: »Reiten wir! Verdammt, reiten wir!«

Da erhoben sich auch die anderen und verließen die Veranda. Ihre rauen Stimmen klangen über den Hof und in die Runde.

Und so kamen sie alle hoch – alle, die ihre Söhne oder getreuen Reiter waren.

Eine Stimme rief ein wenig schrill, aber zugleich auch

trotzig: »Jungs, wir reiten in den Krieg, um zu gewinnen, nicht um zu sterben! Kapiert ihr das?«

Aber seine letzten Worte gingen im Durcheinander und all den Geräuschen des Aufbruchs unter.

Ich stand nun allein vor Ellen auf der Veranda. Im Westen war die Sonne hinter den Bergen verschwunden. Wir betrachteten uns ernst im Halbdunkel unter dem Verandadach.

Dann fragte sie spröde: »Und du würdest mich anbinden, hier?«

»Gewiss«, erwiderte ich. »Ja, hier würde ich dich anbinden.«

Sie nickte langsam und musste etwas mühsam schlucken. Dann murmelte sie: »Hoffentlich kommt ihr alle wieder heil zurück.«

Aber darauf konnte ich ihr nichts erwidern.

Und so wandte ich mich ab und ging zu meinem Pferd, mit dem Little Tommy auf mich wartete. Er reichte mir die Zügelenden und sagte dabei: »Wenn ich etwas größer wäre, dann hätte ich mitreiten dürfen, nicht wahr?«

Was sollte ich ihm erwidern? Er war ja noch ein kleiner Junge und konnte noch nicht begreifen, dass einige von uns in den Tod reiten würden.

Und so legte ich meine Hand auf sein strohblondes Haar und sagte: »Aber noch bist du ein kleiner Junge. Und dennoch bist du verdammt wichtig für deine Mom und diese Ranch.«

Ich saß auf und reihte mich in die Doppelreihe ein, die sich nun formierte.

Ich konnte auch daran erkennen, dass viele dieser Männer im Krieg gewesen waren, wahrscheinlich bei der Kavallerie. Denn auch jetzt ritten sie ganz selbstverständlich diszipliniert in Doppelreihe, so wie sie es einst gelernt hatten.

Wir waren keine Revolvermannschaft, so wie Brian Roberts mit seinen Reitern. Aber die meisten von uns hatten zu kämpfen gelernt.

Das beruhigte mich ein wenig. Denn die Flucht ergreifen würden sie wohl nicht. Ich ritt schneller, bis ich neben Hank Stonebreaker an der Spitze meinen Platz einnahm.

Er sah zu mir herüber und sprach: »Ellen sagte mir, dass Sie mal Captain waren im Krieg. Deshalb sollten Sie nun das Kommando übernehmen, denke ich.«

Ich nickte nur und verspürte wieder den Druck der Verantwortung.

Einen Moment dachte ich an Ellens Bruder, den Marshal von Silver Hole, dem ich verpflichtet war, weil ich ihm wahrscheinlich das Leben verdankte, und der für mich fast gestorben wäre. Für Tom Farley war ich hier. Wann endlich würde auch er herkommen können? Irgendwann musste er doch mal gesund werden, wieder reiten können.

Doch wann er auch kommen würde, er kam dann zu spät.

Die Nacht war fast taghell, obwohl der Mond nicht mehr voll war. Doch die Sterne leuchteten strahlend, warfen ihr unirdisches Licht auf die Erde nieder, kalt und geheimnisvoll zugleich.

Denn was war hinter ihnen verborgen? Dies fragten sich jetzt gewiss viele von uns. Und so war es auch während des Krieges gewesen, wenn wir zum Kampf und zum Sterben ritten.

Der Hufschlag unserer Pferde hallte durch den Canyon, der an seiner breitesten Stelle fast eine Meile breit war, sich jedoch immer wieder bis auf eine Viertelmeile verengte.

Wir durchritten einige Male den sich schlängelnden Creek, bogen um Waldinseln, auch Felsengruppen. Es war ein wunderschöner Canyon, fast ein langes Tal, gefüllt mit dem kostbaren Blaugras, dessen besondere Mineralien für Rinder und Pferde so wertvoll waren. Dieses Gras war zu wertvoll für Schafherden. Die würden alles für Jahre zerstören, denn sie waren zu zahlreich. Und so ging es für die Rancher des Tonto Basin um die nackte Existenz.

Ja, wir würden kämpfen.

Und ich hatte die Verantwortung, auf mich kam es an. Welche Befehle würde ich geben müssen? Wie viele von uns würde ich in den Tod führen?

Ja, es war wie damals im Krieg.

Meile um Meile näherten wir uns dem Ende des Canyons und dem Rim der mächtigen Mogollon Mesa. Von dort oben waren vor einigen Tagen Tausende Schafe in die Tiefe einer Schlucht gejagt worden.

Doch das war nur eine Herde von vielen gewesen.

Wie konnten wir die anderen aufhalten?

Denn zwischen uns und diesen Herden dort oben, da befand sich nun Brian Roberts mit seinen Revolverreitern, um uns aufzuhalten.

Nur wenn wir sie niederkämpften, konnten wir die Schafe aufhalten. Denn deren Hirten waren mehr oder weniger arme Teufel, zumeist mexikanischer Abstammung. Sie würden nicht kämpfen.

Es war dann kurz vor Mitternacht, als wir die Front der Revolverreiter vor uns sahen. Sie versperrten uns den Weg, hatten auf uns gewartet.

Wir hielten ebenfalls an. Die lange Doppelreihe hinter mir ritt rechts und links nach vorn, bildete nun eine Linie, also ebenfalls eine Front. Ich musste dazu kein Kommando rufen. Es geschah ganz selbstverständlich. Denn viele der Reiter hatten es während des Krieges bei der Armee gelernt.

Und so verhielten nun unsere beiden Fronten voreinander nur einen Steinwurf weit voneinander getrennt.

Wir alle konnten uns in der hellen Nacht gut erkennen.

Nun sahen wir, dass wir in der Überzahl waren. Sie mochten zwei Dutzend Reiter stark sein. Wir waren dreißig. Aber sie waren Revolverschwinger, angeführt von einem Revolvermann, der zu den Großen dieser Gilde gehörte.

Würden sie unserem Angriff standhalten?

Sie kämpften für Revolverlohn, wir für die Existenz der Ranches, denen sie schon das meiste Vieh weggetrieben und die meisten Reiter weggejagt hatten.

Das war leicht gewesen für sie, weil die Ranches weit auseinander lagen und sie sich noch nicht vereinigt hatten wie jetzt.

Ich hielt neben Hank Stonebreaker. Er befand sich zu meiner Rechten. Links von mir saß Jubal Hardin auf einem Pinto.

Und sie alle warteten auf meinen Befehl zum Angriff. Ich musste nur den alten Rebellenschrei der Konföderierten ausstoßen und anreiten.

Doch ich zögerte noch.

Dann sah ich drüben einen Reiter ein Stück nach vorn reiten. Ich wusste sofort, wer dieser Reiter war, nämlich Brian Roberts.

Er lud uns gewissermaßen ein, zeigte sich als furchtloser Anführer. Doch vielleicht musste er dies seinen Reitern auch zeigen.

Ich entschloss mich plötzlich und sagte zu Hank Stonebreaker: »Wartet noch. Ich will mit ihm reden und seinen Revolverstolz herausfordern. Wenn ich ihn schaffe, dann greift sofort an und nutzt den Schock aus, den sie spüren werden. Zögert keine Sekunde. Gebt es weiter nach rechts und links, damit sie alle Bescheid wissen.«

Ich wartete keine Antwort von Hank Stonebreaker und Jubal Hardin ab, sondern ritt vorwärts. Und drüben auf der anderen Seite tat es Brian Roberts ebenfalls.

Es war plötzlich alles so einfach und klar.

Im Schritt näherten wir uns einander, so als hätten wir alle Zeit der Welt.

Und ich wusste, jeder von uns fragte sich jetzt, ob er den anderen besiegen würde oder ob dies jetzt die letzten Minuten in seinem Leben waren.

Noch niemals waren mir die Sterne am Himmel so kalt und gnadenlos vorgekommen. Von dort oben kam keine Hoffnung nieder, keine Teilnahme – nichts.

Plötzlich fühlte ich mich so verdammt allein und wollte nur noch überleben.

Denn davonstehlen konnte ich mich nicht mehr.

11

Vielleicht erging es Brian Roberts ebenso. Denn als Revolvermann besaß er ebenfalls einen untrüglichen Instinkt und spürte deshalb, dass er auf einen ebenbürtigen Gegner traf. Ja, ich war sicher, dass er dieses Gefühl hatte.

Dann hielten wir voreinander.

Er sagte: »Ich habe von Ihnen gehört. Sie kamen vom Tonto Rim herunter, aber Sie sind nicht Ellen Savages Bruder.«

»Nein, aber ich kam an dessen Stelle.«

Nach diesem kurzen Wortwechsel schwiegen wir einige Atemzüge lang, und jeder von uns ließ seinen Instinkt gegen sein Gegenüber strömen, versuchte etwas zu spüren.

Dann fragte ich: »Haben Sie Ellen Savages Mann abgeschossen?«

»Glauben Sie das?« Er fragte es spöttisch.

»Nein«, erwiderte ich, »eigentlich nicht. Ich glaube, dass wir beide wirkliche Coltritter sind, keine Killer. Und deshalb sollten wir es nur unter uns austragen, nicht mit unseren Mannschaften. Einverstanden?«

Er schwieg eine Weile.

Dann nickte er. »Gut, machen wir es also unter uns aus. Ich kann nicht kneifen. Es ist ja so, dass ein Revolvermann niemals kneifen darf, denn sonst verliert er seinen Revolverstolz und kneift danach immer wieder, bis er zum hinterhältigen Killer wird. Sitzen wir also ab und machen wir es richtig.«

Er wollte absitzen, doch ich hielt ihn mit der Frage auf: »Deine Auftraggeber, wo sind sie, wo kann ich sie finden, sollte ich dich schaffen?«

Abermals dachte er nach.

»Da musst du nach Utah«, sprach er dann, »zur Merville Company in Salt Lake City. Ja, dann musst du zu den Mormonen, von denen mancher fünf Weiber hat, denen sie immerzu Kinder machen. Aber die

Schafsböcke in ihren Herden sind noch fleißiger. Und so wissen sie nicht mehr, wohin mit den Schafen. Deshalb wollen sie nun den Südwesten erobern bis hinüber nach Mexiko. Also, können wir jetzt ...«

Er fragte es kaltschnäuzig und selbstbewusst.

Und so saßen wir beide gleichzeitig ab, traten von unseren Pferden weg und standen uns gegenüber.

Er grinste blinkend im Licht der Gestirne und sprach: »Du hast es begriffen. Wenn du mich schaffen kannst, wird die Bande hinter mir nicht kämpfen. Sie hat dann keinen Leitwolf mehr und weiß, dass ihr niemand mehr Revolverlohn zahlen wird. Ja, dann habt ihr gewonnen. So einfach ist das. Die kämpfen nur für Revolverlohn.«

Nun machte er wieder eine Pause und fragte nach dieser kurzen Pause abermals: »Also, können wir jetzt ...«

Ich nickte.

Und da machten wir uns bereit, suchten festen Stand und beugten unsere Oberkörper etwas vor, um die Kugeln auffangen zu können, ohne zu schwanken beim Schießen.

Denn darauf kam es an, wenn zwei ebenbürtige Revolvermänner sich duellierten.

Man musste ruhig und fest stehen, selbst wenn Kugeln einen stießen. Nur bei einem festen Stand konnte man treffen.

Wir wussten beide, dass wir sicherlich gleich schnell sein würden.

Er sagte kehlig: »Wenn der Nachtfalke wieder über uns pfeift ...«

Es war nun alles klar.

Wir mussten nur noch warten auf den ersten Falkenpfiff unter dem Sternenhimmel.

Und hinter jedem von uns warteten die Reiter. Ich wusste, auch die Rancher und deren Reiter würden nicht kämpfen, wenn sie mich fallen sahen. Ich musste also siegen und auf den Beinen bleiben.

Das angespannte Warten wurde nun höllisch. Denn der Falkenpfiff wollte und wollte nicht kommen. Gewiss schwitzte Brian Roberts ebenso wie ich vor Anspannung.

Denn wir mussten bereit sein für ein Reagieren in Sekundenbruchteilen.

Und so warteten wir lauernd mit voller Konzentration etwa eine Minute lang, die uns wie eine Ewigkeit vorkam. Es gab keine anderen Gedanken.

Dann endlich tönte der schrille Pfiff über uns. Wir reagierten nun schneller als jeder Gedanke. Ich sah in Brian Roberts Mündungsfeuer. Seine Kugeln stießen mich, aber ich stand fest, so als würde ich nicht getroffen werden.

Und ich sah, dass ich traf – einmal, zweimal, denn er zuckte leicht zusammen.

Wahrscheinlich sah oder erkannte er auch, dass er mich traf.

Denn er ließ seinen Revolver – es war der rechte – sinken und schob ihn dann mit einer müde wirkenden Bewegung ins Holster. Auch ich schoss nicht mehr, sah, wie er sich abwandte, um zu seinem Pferd zu treten.

Ja, er wollte noch in den Sattel, doch das schaffte er nicht mehr. Er fiel auf die Knie nieder, wollte sich am Steigbügel hochziehen. Aber es gelang ihm nicht.

Ich aber stand noch. Ja, ich war getroffen, doch ich ging nicht zu Boden wie er. Ich hielt mich aufrecht und ertrug stöhnend die einsetzenden Schmerzen.

Hinter mir aber klang nun der alte Rebellenschrei der ehemaligen Konföderiertenarmee. Ich wusste, die Rancher mit ihren Reitern griffen nun an.

Nun fiel ich, indes sie rechts und links an mir vorbeijagten und ihren wilden Rebellenschrei ausstießen. Dann schwanden mir die Sinne.

Irgendwann begann ich zu begreifen, dass ich nicht tot sein konnte und noch Leben in mir war. Aber dieses Leben war wohl wie das flackernde Flämmchen einer Kerze im Wind, der es jeden Moment auspusten konnte.

Doch ich wollte nicht ausgepustet werden.

Und so begann ich zu kämpfen.

Wahrscheinlich dauerte dieser Kampf einige Tage und Nächte.

Dann aber erkannte ich das Gesicht von Ellen über mir.

Sie wusch mir Stirn und Schläfen und lächelte auf mich nieder. Und der kleine Tommy stand neben ihr an meinem Lager und fragte etwas schrill: »Ist er nun richtig wach? Hat er es geschafft?«

»Ich glaube ja«, sagte Ellen.

Dann gab sie mir Tee zu trinken.

Und dann schlief ich wieder ein und wusste, dass ich noch lebte, nahm dieses Begreifen mit bis in die Tiefe meines Schlafes hinein.

Und so wurde es gewiss ein gutes Schlafen.

Immer dann, wenn ich erwachte, wurde ich von Ellen gefüttert.

Und schließlich konnte ich sie fragen: »Was ist inzwischen geschehen im Tonto Basin? Was ist mit den Schafen? Hatten wir große Verluste?«

Sie lächelte auf mich nieder.

Dann erzählte sie mir alles ganz ruhig der Reihe nach.

»Sie stellten sich nicht zum Kampf, sondern ergriffen die Flucht. Nein, sie wollten nicht gegen uns kämpfen, als Brian Roberts sie nicht mehr anführen konnte. Sie ergriffen die Flucht hinauf zur Tonto Mesa und hielten die Schafherden auf, die an drei verschiedenen Stellen auf dem Weg nach unten waren. Jetzt sind die Schafherden immer noch oben auf der Mesa. Hank Stonebreaker sagte mir, dass sie irgendwann vor dem Winter herunterkommen müssen, wollen sie oben nicht in Schnee und Eis umkommen ohne Weidemöglichkeiten. Es ist noch nicht vorbei, Clay. Sie sind immer noch dort oben wie ein drohendes Unheil. Aber viele unserer Reiter sind zurückgekommen. Die Ranchmannschaften sind fast alle wieder vollzählig. Wir sind nun auch dabei, unsere Herden von der Pleasant Ranch zurückzuholen.«

Als sie verstummte, da fragte ich: »Und wie lange liege ich hier schon?«

»Sieben Tage«, erwiderte sie ernst.

»Und dein Bruder ist immer noch nicht gekommen?«

»Nein, Clay, noch nicht. Doch ich bin sicher, dass er bald hier auftauchen wird.«

Sie verstummte spröde und doch voller Zuversicht.

Aber eigentlich war auch ich davon überzeugt, dass Tom Farley kommen würde, sobald er reiten konnte.

Und auch er würde so wie ich vom Tonto Rim herunter müssen.

Es vergingen einige Tage. Ich konnte mich endlich erheben und ein wenig schief herumlaufen. Ellen hatte mir zwei Kugeln herausgeholt, als sie mich zu ihr brachten. Zum Glück hatten die Kugeln nichts in mir zerrissen, sodass ich innerlich verblutet wäre. Aber ich hatte dennoch eine Menge Blut verloren.

Wie oft würde ich noch verwundet werden und Blut verlieren? Man konnte nicht immer davonkommen.

Ich war ziemlich dünn und kraftlos geworden. Deshalb kochte Ellen besonders gut für mich. Und wenn ich sie deshalb lobte, dann sagte sie stets: »Ich muss dich nun mal wieder hochpäppeln. Was bleibt mir sonst übrig, nicht wahr?«

Als ich mich wieder einigermaßen kräftig fühlte, zog ich im Ranchhaus aus und belegte ein freies Lager im Bunkhouse, kam nur zum Essen auf die Veranda des Ranchhauses.

Ellen und ich, wir waren ja kein Paar – noch nicht. Doch ich machte mir Hoffnung und spürte, dass sie mich mochte und ich nur geduldig warten musste. Eine Frau wie sie konnte einen geliebten Mann nicht so schnell vergessen. Das brauchte Zeit. Und das war auch in Ordnung so.

Doch ich wollte sie eines Tages haben. Und so würde ich warten.

Und da war ja auch noch Little Tommy, mit dem ich mich gut verstand und dem ich viele Geschichten erzählte, Geschichten vom Leben, die ihm sonst sein Vater erzählt hätte.

Er mochte mich. Ich spürte das.

Außer mir waren noch zwei Cowboys auf der Ranch, denn die drei anderen waren mit den Reitern anderer

Ranches unterwegs, um die gestohlenen Herden zurückzuholen.

Bald mussten unsere Rinder wieder im Canyon auf ihrer Heimatweide sein, etwas mager geworden vom langen Treiben, aber wohlbehalten zu Hause.

Einer der beiden auf der Ranch gebliebenen Cowboys war Mel Stringer. Er gehörte zu den drei Reitern, denen ich bei meiner Ankunft begegnet war und mit denen ich an einem Feuer übernachtet hatte.

Und sie waren es, die eine riesige Schafherde über den Rand der Tonto Mesa in die Tiefe einer Schlucht gejagt hatten.

Mel Stringer war wortkarg, verschlossen – und ich ahnte warum.

Und so fragte ich ihn schließlich am dritten Tag: »Das geht dir wohl nicht aus dem Kopf. Du träumst davon. Ich höre es, wenn du in deinen Träumen redest. Es belastet dich stark, nicht wahr?«

Wir saßen bei Sonnenuntergang auf der Bank an der Bunkhouse-Wand und warteten auf den Ruf von Ellen zum Abendessen.

Mel Stringer hatte sich eine Pfeife gestopft, aber sie war ihm wieder ausgegangen, nachdem er sie nach einigen paffenden Zügen nicht weiter rauchte.

Der Tabakrauch schmeckte ihm nicht.

Er ließ mich eine Weile auf die Antwort auf meine Frage warten. Dann murmelte er heiser: »Wir waren verrückt vor Zorn und Hass. Sie hatten uns von der Ranch gejagt und konnten unsere Herde stehlen. Wir hatten keine Chance gegen diese Revolverschwinger, die uns verhöhnten, auslachten. Wir waren ja nur einfache Weidereiter. Und wir mussten auch Mrs Ellen verlassen, kamen uns wie stinkende Feiglinge vor. Wir erstickten fast an unserer Scham. Und dann kamen wir auf diese höllische Idee. Gewiss, wir hassen Schafe. Kein Rindermann kann sich mit Schafen abfinden – auch nicht mit deren Hirten. Denn diese...«

Er brach ab, zögerte, stieß dann aber hervor: »Man erzählt sich, dass es Schafhirten mit ihren Schafen treiben. Das ist ein offenes Geheimnis. Wir Cowboys gehen in Hurenhäuser, aber diese stinkenden Schafhirten...«

Er brach ab, weil ihm die Stimme vor Ekel versagte.

Ich schwieg und ließ ihm Zeit. Und ich wusste, er wollte sich aussprechen, um endlich etwas loszuwerden.

Nach einer Weile sprach er mit heiserem Flüstern weiter: »Als wir den Sagebush anzündeten, war nichts mehr aufzuhalten. Dann brach die Panik aus. Es waren gewiss an die zehntausend Schafe, armselige Kreaturen auf der Flucht vor dem Feuer. Sie wurden zu einer Flutwelle, die sich wie ein gewaltiger Wasserfall über den Rim ergoss, bähend und sich in Panik selbst zu Tode trampelnd. Sie waren trotz ihrer Hilflosigkeit zu einem Element geworden wie eine Lawine. Und dann sahen wir sie zu Tausenden in der Schlucht liegen. Manche zappelten noch. Und gewiss stinkt es nun aus dieser Schlucht nach ihren faulenden Kadavern. Und wir hatten nicht mal Brandy oder Tequila dabei, um uns zu besaufen. Wir möchten es vergessen wie böse Träume, aber es gelingt uns nicht – vielleicht nicht mal in zehn Jahren. Ich sprach mit Horty und Rusty darüber. Denen geht es so wie mir.«

Er verstummte mit einem Zittern in der Stimme.

Und er tat mir Leid.

Sie waren gedemütigt worden und wollten sich rächen.

Und dann wurde ihre Rache zu einem Verbrechen. Ja, es war ein Verbrechen, auch wenn es nicht von einem Gesetz in diesem Lande bestraft werden würde. Und so mussten sie mit ihrer Schuld leben.

Ellen rief von der Veranda her über den Hof zum Essen.

Wir erhoben uns. Auch der andere Cowboy kam von den Corrals herüber, wo er sich mit seinem Pferd beschäftigt hatte.

Es roch nach gebratenen Forellen. Tommy saß schon am Tisch und rief uns stolz entgegen, als wir auf die Veranda traten: »Die Forellen habe ich gefangen!«

Am nächsten Tag kam unsere Herde zurück. Ich ritt ihr entgegen und betrachtete die Rinder mit dem Lone-Star-Brand.

Die drei Treiber ritten weiter zur Ranch. Auch Rusty Sloane und Horty Bush gehörten zu dem Kleeblatt. Horty nickte mir zu und rief heiser: »Na, geht's wieder?«

Damit ritt er an mir vorbei.

Ich aber sah zu, wie sich die Herde verteilte und in Nähe der Ranch zerstreute.

Das Gras war ja inzwischen mächtig gewachsen. Die Rinder hatten hier in Ranchnähe gute Weide.

Tommy kam auf seinem Pony herangeritten und fragte: »Clay, willst du mir jetzt das Lassowerfen beibringen, so wie du es mir versprochen hast?«

Ja, ich mochte ihn, als wäre er mein eigener Sohn.

Aber würde er mich immer noch als seinen großen Freund ansehen, wenn seine Mutter und ich ein Paar wurden? Oder würde ihm das zu schnell gehen, selbst nach einem Jahr?

Denn auch er musste den Verlust von Tom Savage vergessen, der sein Vater war.

Ich nahm das Lasso vom Sattelhorn, um ihm zu zeigen, wie man damit umging.

Es war eigentlich die Aufgabe eines Vaters, dies dem Sohn beizubringen.

12

Die Tage vergingen. Wir hatten in der Herde – es waren mehr als tausend Tiere – einige Mavericks, also ungebrändete Rinder, welche mitgelaufen waren. Wir mussten sie bränden.

Einige Pferde mussten zugeritten werden. Und andere Pferde mussten wir zu so genannten »Rinderpferden« schulen.

Dabei kam es darauf an, dass die Tiere verharrten, wenn der Reiter aus dem Sattel muss und die Zügelenden am Boden liegen. Denn ein Cowboy kann nicht überall sein Pferd anbinden, wenn er am Boden irgendwelche Arbeiten verrichtet. Die Rinderpferde müssen auch lernen, ein Lasso stets stramm zu halten, wenn am anderen Ende ein Stier kämpft.

Diese Rinderpferde müssen eine Menge lernen und sind dann echte Partner ihrer Reiter. Wir hatten auch ein Wildpferdrudel im Canyon, dessen Hengst der Ranch immer wieder sehr nahe kam, um unsere Stuten zu entführen.

Es waren wertvolle Zuchtstuten.

Und so machte ich mich eines Tages auf den Weg, um den Hengst entweder zu fangen oder ihn zumindest mit seiner Herde zu vertreiben.

Ich würde einige Tage und Nächte fort sein, und so nahm ich nach dem Abendessen Abschied von Ellen.

Tommy schlief schon, ermüdet von einem langen Tag. Sein Tag war wirklich lang und erfüllt von einigen Pflichten.

Denn am Vormittag unterrichtete ihn Ellen, wie sie es früher einmal als Lehrerin in der Schule tat mit vielen Kindern.

Doch dann wurde sie die Frau eines Rindermannes, eine Rancherin. Erst nach dem Mittagessen hatte Tommy Zeit zum Spielen und für irgendwelche andere Dinge.

Es war nach dem Abendessen Nacht geworden.

Ellen und ich, wir standen uns auf der Veranda gegenüber. Die Reiter waren im Bunkhouse verschwunden.

»Ich reite also morgen vor Tagesanbruch«, sagte ich. »Denn im Morgengrauen führt der Hengst seine Herde zum Tonto Lake. Ich muss vor ihm dort sein. Und ich habe alles schon gepackt – Proviant und Campgerät. Du musst wegen mir nicht aufstehen.«

»Aber ich würde es gern tun«, erwiderte sie ruhig.

»Ich weiß«, murmelte ich, »ja, ich weiß. Aber es ist nicht nötig.«

Ich wollte mich abwenden, um zu gehen, da fragte sie: »Clay, wenn mein Bruder eines Tages doch noch kommen sollte, wirst du dann fortreiten, weil du der Meinung bist, deine Pflicht getan und die Schuld ihm gegenüber bezahlt zu haben?«

Ich hielt in der Bewegung inne.

»Ich würde gerne bleiben«, murmelte ich. »Denn in mir ist eine Hoffnung. Und du weißt welche.«

Nach diesen Worten ging ich.

Sie aber sprach hinter mir her: »Komm gesund zurück von der Pferdejagd. Denn der Hengst ist gefährlich. Den wollte schon Tom fangen oder vertreiben. Er nannte ihn Desperado. Das bedeutet ja wohl soviel wie Verzweifelter. Denn er wird gejagt und muss seinen Jägern immer wieder entkommen. Deshalb ist er gefährlich. Er greift jeden Menschen an, der sich ihm zu Fuß nähert. Pass gut auf dich auf, Clay.«

An diese Worte von ihr dachte ich, als ich noch vor Morgengrauen losritt zum Tonto Lake. Ich musste im Canyon etwa zwei Meilen nach Süden und dann durch eine enge Querschlucht nach Osten. Unsere Rinder wanderten nicht durch diese Querschlucht ab, weil es in ihr weder Weide noch Wasser gab.

Aber der Hengst Desperado führte seine Herde immer wieder durch diese Schlucht auf unsere üppige Blaugrasweide.

An der engsten Stelle der Schlucht hielt ich an, saß ab und schleppte alles an Ästen und kleinen Bäumen herbei, was in den vergangenen Jahren von oben heruntergefallen war. Ich sperrte die Schlucht mit diesem Zeug, errichtete eine unüberwindliche Barriere für den Hengst.

Dann ritt ich weiter.

Es war immer noch nicht Tag, doch die Nacht war nun nicht mehr so hell, weil die Sterne und der Mond hinter dem Dunst am Himmel verschwanden.

Ich hatte mir die Fährte der Wildpferde schon in den

vergangenen Tagen angesehen und wusste genau, von wo sie kommen würden, um am See ihre Tränke zu erreichen.

Auch baden würde die kleine Herde, die aus kaum mehr als zwei Dutzend Tieren bestand. Sie waren dem Hengst nicht genug, und so wollte er die Stuten unserer Ranch entführen.

Ich ritt auf die andere Seite des Tonto Lake, suchte mir eine gute Deckung zwischen Tannen und saß ab.

Ich verspürte Hunger und aß von meinem kalten Proviant.

Wie lange würde ich warten müssen? Kam Desperado heute – oder erst in einigen Tagen wieder her? Musste ich hier viele Nächte und Tage lauern?

Es war eine einzige Glückssache. Das Schicksal musste mir gewogen sein, nicht ihm.

Es war wohl alles Schicksal auf dieser Erde.

Aber wer bestimmte dieses Schicksal?

Ich dachte kauend darüber nach und vermochte keine Antwort zu finden. Dies konnte gewiss niemand.

Und dann verschluckte ich mich fast.

Denn im Morgengrauen kam er mit seinem Harem aus den roten Felsen heraus – zuerst vorsichtig witternd, dann aber sorgloser.

Sie trabten herunter zum See, schnaubten, wieherten, freuten sich ihres Lebens.

Und indes die Stuten und Junghengste tranken, badeten und übermütig waren, stand der Hengst da und sicherte seine Untertanen.

Er konnte mich nicht wittern. Aber er spürte mit seinem Instinkt eine Warnung.

Was würde er tun?

Das war meine große Frage. Zog er sich zurück oder

wollte er durch die enge Schlucht zu unserer prächtigen Blaugrasweide? Er wollte und musste seinen Untertanen etwas bieten. Das verlangten sie von einem Herrscher.

Ich war längst zu meinem Wallach getreten und hielt ihm die Nüstern zu. Denn wenn er wiehern würde, dann würde der misstrauische Hengst die Flucht ergreifen, seine ganze Herde vor sich her zwischen die Felsen treiben.

Doch mein Wallach konnte nicht wiehern.

Und dann endlich nahm der Hengst Wasser auf, ging bis zum Bauch in den See und badete.

Und dann ... Oho, dann trieb er die Herde vor sich her in die Schlucht hinein.

Ich war ein Glückspilz, ein glücklicher Kerl, ein echter Lucky Cuss.

Ich stieg in den Sattel, nachdem ich schnell meine Siebensachen zusammengerafft hatte, und folgte den Wildpferden in die Schlucht.

Würde ich weiter Glück haben?

Was würde er tun, wenn es in der Schlucht nicht mehr weiter ging?

Er kannte diese Schlucht gut genug, um zu begreifen, dass sich hier etwas verändert hatte durch die Barriere aus Gestrüpp und alten Ästen.

Würde er alles niederstampfen und durch Auskeilen wegräumen? Ich wusste, Wildhengste waren schlaue Burschen. Sie trugen ja die Verantwortung für ihre Untertanen.

Ich glaubte, dass er umkehren und zurückkommen würde.

Und so hielt ich in einer Ausbuchtung der engen Schlucht an.

Was ich vorhatte, glich einem Meisterstück. Ich hatte jedoch genügend Erfahrung mit einem Wurfseil, und ich hatte meine Fertigkeit in den vergangenen Tagen wieder verbessert, zumal ich ja auch Little Tommy einiges beibrachte oder vorführte, damit er begreifen konnte, was man mit solch einem geflochtenen Lederseil alles anstellen konnte, ja, Lederseil.

Denn als junger Cowboy daheim in Texas war ich mal ein »Hechicero de cuero« gewesen, ein »Zauberer mit dem Lederseil«, wie man unter Vaqueros sagte.

Und später, während des Krieges, als ich für unsere Truppen den Yankees Rinder und Pferde stahl – dies im Range eines Captains der Konföderiertenkavallerie –, da musste ich ebenfalls immer wieder meine Kunst anwenden.

Ich hatte also nichts verlernt.

Und so wartete ich in der Ausbuchtung der Schlucht und hielt mein Lederseil bereit.

Wenn Desperado kam, musste es blitzschnell gehen. Ich hatte nur diese eine Chance.

Ungefähr konnte ich mir ausrechnen, wann er an der Spitze seiner kleinen Herde um die Felsnase kommen würde.

Eigentlich tat er mir Leid. Aber so war es nun mal im Leben. Alle Lebewesen auf dieser Erde müssen mehr oder weniger immerzu ums Überleben oder um ihre Freiheit kämpfen. Und der schlimmste Jäger ist der Mensch.

Ich hörte sein trompetenhaftes Wiehern in der Schlucht, dann die trommelnden Hufe, und so wusste ich, dass sie nun zurückkamen.

Und so war es auch. Er kam wie ein schwarzer Teufel um die Felsnase herum, wiehernd, mit erhobenem Kopf und flatternder Mähne.

Er rannte gewissermaßen in meine Schlinge, denn diese schwebte in diesem Sekundenbruchteil über seinem Kopf und senkte sich im richtigen Moment.

Ja, ich war immer noch ein richtiger Hechicero de cuero.

Wahrscheinlich hätte ich im Osten in den großen Städten mit meiner Kunst in einem Zirkus auftreten können – aber ob das erstrebenswert gewesen wäre, oha!

Ich hatte ihn also und war auf einen Kampf vorbereitet. Denn normalerweise musste er sich nun wie ein wilder Teufel gebärden, ja mich vielleicht sogar angreifen, wenn er ein Killerhengst war.

Vorerst fiel er jedoch nur auf die Nase, und die Lassoschlinge um seinen Hals schnürte ihm die Luft ab.

Er kam auf die Hufe, indes hinter uns seine Herde verharrte. Ja, seine Untertanen hatten angehalten. Sie stampften, schnaubten und waren völlig durcheinander ohne seine Führung.

In der engen Schlucht wagten sie sich nicht an uns vorbei, wussten nicht, wie sie reagieren sollten.

Mein Wallach war ein gutes Rinderpferd. Er wich immer wieder zurück, wenn das Lasso zu locker wurde, hielt es stramm gespannt.

Und dann geschah etwas, was mir wie ein Wunder vorkam.

Denn der Hengst kämpfte nicht. Er kam nur auf die Hufe und stand dann still.

Verdammt, was war das? Ich konnte es in diesen ersten Sekunden nicht glauben, dachte dann, dass er sich beim Sturz verletzt hätte.

Aber es war so. Er stand still. Doch er vibrierte, als durchliefen Schauer seinen Körper. Sein Schnauben hörte sich seltsam an, klang so, als würde er schnarchen. Doch dann hörte es sich fast wie ein klagendes Schnauben an.

Hatte er sich vielleicht doch verletzt? Spürte er starke Schmerzen?

Verdammt, er tat mir nun noch mehr Leid als zuvor.

Er war ein so wunderbares Tier – und er wollte ja nichts anderes als seine Freiheit mit seinen Stuten. So, wie es von der Schöpfung gewollt ist.

Ich vermochte mir sein seltsames Verhalten nicht zu erklären.

Dann aber zog ich das Wurfseil immer strammer um mein Sattelhorn, trieb meinen Wallach mit Schenkeldruck näher an den Hengst heran.

Er war inzwischen auch hier in der engen Schlucht heller geworden.

Und als ich dem Hengst sehr nahe war auf meinem Wallach, da sah ich es.

Auf seinem zitternden, vibrierenden und zuckenden Fell, welches mir seine innerliche Not und Erregung verriet, da sah ich die Narben in seinen Weichen.

Und da wusste ich es plötzlich.

Er war schon einmal gefangen und zugeritten worden – zumindest hatte man Letzteres versucht. Gewiss hatte er verzweifelt gekämpft. Doch gegen die Schlinge eines Wurfseils hatte er immer wieder verloren. Das alles hatte in einem Corral stattgefunden vor langer Zeit. Und er hatte immer wieder verloren, weil sie ihm mehrere Lassos übergeworfen hatten.

Das alles musste für ihn eine böse und schreckliche Lektion gewesen sein.

Irgendwann und irgendwie hatte er seine Freiheit

erlangt. Vielleicht hatte er die Corralstangen übersprungen oder sie zerbrochen und war davongestürmt. Irgendwo hatte er sich dann seinen Harem verschafft und wieder sein altes Leben als Wildhengst aufgenommen.

Es wurde nun still in der Schlucht. Man hörte sein schnarchendes Atmen. Und seine kleine Herde verharrte fast bewegungslos, harrte unschlüssig der Dinge, die kommen würden.

Ich sagte mit ruhiger Stimme zu ihm: »Oha, du stolzer Krieger, was mache ich nur mit dir? Verdammt, ich kann jetzt mit dir fühlen. Dies ist eine verdammt schlechte Welt, nicht wahr? Jemand hat dir schon mal Schlimmes angetan. Und ich möchte das nicht wieder tun. Ich konnte dich zwar besiegen, doch nur, weil du schon mal gegen Lassos verloren hast und fast zerbrochen wurdest in deinem Stolz. Oh, Junge, was soll ich mit dir machen?«

Er schnaufte, so als könnte er den Sinn meiner Worte begreifen. Doch das war natürlich nicht möglich. Er musste mich hassen, so wie er seine Peiniger von damals hasste, die ihn mit ihren Sporen bearbeitet hatten, um ihn einzubrechen.

Ich begriff plötzlich, dass ich ihm etwas schuldig war. Ich musste ihn als stolzes Geschöpf respektieren. Ich konnte nicht anders.

Und so sagte ich zu ihm: »Komm nie wieder in unseren Canyon, um unsere Stuten zu stehlen, nie wieder.«

Dann lockerte ich das Lasso und schüttelte ihm die Schlinge über den Kopf nach unten vor seine Hufe.

»Hau ab, stolzer Krieger«, sagte ich dabei ruhig.

Er wandte mir den Kopf zu und atmete schwer und schnarchend.

Mit rollenden Augen, in denen viel Weißes zu sehen war, sah er mich an.

»Na los«, sprach ich ruhig.

Da hob er den Kopf und stieß ein trompetenhaftes Wiehern aus.

Einen Moment befürchtete ich, dass er mich angreifen würde oder zumindest nach hinten auskeilte, um meinen Wallach zu treffen.

Doch er tat es nicht. Er setzte sich trabend in Bewegung.

Und seine kleine Herde folgte ihm.

Ich sah ihnen nach und schüttelte immer wieder den Kopf. Denn was ich soeben erlebte, würde mir niemand glauben. Aber es war so.

Und so ritt ich weiter, erreichte die Barriere und räumte einen schmalen Durchgang frei, den ich dann wieder hinter mir schloss.

13

Als ich gegen Mittag die Ranch erreichte, da sah ich Ellens Bruder Tom Farley auf der Veranda.

Sie waren beim Mittagessen, aber als ich absaß, da erhob er sich und kam mir mit ausgestreckter Hand entgegen.

Wir sahen uns an und brauchten keine Worte zu reden, um zu spüren, dass wir Freunde sein würden bis ans Ende unserer Tage.

»Da bin ich also«, sagte er dann doch. »Und ich wette, du hast mich vermisst.«

Ich nickte nur und sah ihn noch einmal von oben bis unten an.

Er hatte noch längst nicht wieder sein normales Gewicht. Seine Kleidung war ihm zu weit. Aber er war gekommen, sobald er reiten konnte.

Wir gingen zusammen auf die Veranda zurück, wo Tommy am Tisch hinter seinem Teller saß und die Gabel hob, so als wollte er damit besondere Aufmerksamkeit erwirken.

»Konntest du den Hengst nicht fangen?« So fragte er, und gewiss war er enttäuscht, denn er traute mir eine Menge zu und konnte nicht verstehen, warum ich schon wieder zurückkam.

Auch Ellen sah mich fragend an.

Aber dann ging sie ins Haus, um einen Teller für mich zu holen, den ich mir dann aus der großen Pfanne füllen konnte mit einem Stew, also einem Schmorgericht, welches gut roch.

Sie setzte sich dann und blickte mich immer noch fragend an.

»Ihr werdet nicht glauben, wenn ich euch erzähle, was ich mit dem Hengst erlebte«, murmelte ich, indes ich meinen Teller füllte.

»Doch, wir glauben dir, Clay«, sprach Tommy ernst. »Wem sollen wir denn glauben, wenn nicht dir?«

Ich ließ sie noch eine Weile warten, aß erst ein wenig vom Stew.

Aber als Tommy zu zapplig wurde, da berichtete ich alles.

Sie schwiegen eine Weile und staunten mich an.

Dann sprach Ellen mit einem besonderen Klang in der Stimme: »Ja, das passt zu dir, Clay Brody. Das passt zu dir.«

»Richtig.« Tom Farley nickte.

Tommy aber sagte: »Das hätte mein Vater auch getan. Clay, ich bin froh, dass es dich gibt. Denn ich habe jetzt begriffen, dass man auch den Stolz der Tiere achten muss. Oder ist das falsch?«

»Nein, Tommy, nein«, sprach sein Onkel, der Ex-marshal von Silver Hole.

Wir schwiegen nun eine Weile, aßen nur und waren sehr nachdenklich.

In mir war ein gutes Gefühl. Ich fühlte mich in einer Familie.

Doch dann fielen mir wieder die Dinge ein, die wir überwunden zu haben glaubten.

Und so fragte ich zwischen zwei Bissen: »Tom, bist du auch vom Rim heruntergekommen, also von der Mesa? Was hast du dort oben gesehen?«

Er ließ die Gabel sinken, sah mich fest an.

»Schafe«, erwiderte er, »Schafe so zahlreich wie Wasserflöhe in einem Teich.«

Er machte eine Pause und fügte dann grimmig hinzu: »Es sind einige Herden. Und außer den Hirten sind noch Revolverreiter bei ihnen. Ich unterhielt mich mit einigen von ihnen. Sie boten mir für Revolverlohn einen Job an. Sie sammeln also eine starke Revolvermannschaft. Denn die Herden müssen spätestens im Herbst herunter ins Becken. Clay, ihr habt hier nur eine Schlacht gewonnen, einen Sieg errungen. Doch der Krieg wird abermals losbrechen. Ellen hat mir alles erzählt. Es gibt noch andere Revolvermänner wie Brian Roberts.«

Er erhob sich und sagte: »Ich kümmere mich um dein Pferd.«

Mit diesen Worten verließ er die Veranda.

Auch Tommy rutschte von seinem Sitz und sprach wichtig: »Ich muss nach der Kaninchenfalle sehen.«

Ellen und ich, wir blieben allein am Tisch sitzen und sahen uns an.

In ihren Augen erkannte ich einen weichen Ausdruck.

Dann murmelte sie: »Clay, ich möchte dich wirklich nicht zu lange warten lassen, denn ich weiß, es gäbe keinen besseren Mann für mich als dich. Aber ich muss dir etwas begreiflich machen. Mein Mann und ich, wir lasen einmal in einem Buch die schönste Liebesgeschichte der Welt. Es ist die Geschichte von Philemon und Baucis. Kennst du sie vielleicht?«

»Nein«, erwiderte ich. »Aber du sollst sie mir erzählen.«

Sie nickte und faltete die Hände auf der Tischplatte.

Dann sprach sie langsam Wort für Wort: »Zeus wandelte einmal als Bettler auf Erden. Aber niemand wollte ihm ein Nachtlager und Speise geben. Erst Philemon und Baucis, das ärmste Paar von ganz Griechenland. Sie schliefen auf dem Lehmboden ihrer Hütte und überließen ihm ihr Bett. Und am nächsten Morgen gab sich ihnen Zeus zu erkennen und sagte ihnen, dass sie einen Wunsch frei hätten. Nun, die beiden armen Alten wünschten sich, dass sie nach ihrem Tod zwei Bäume werden könnten, eine Buche und eine Eiche, zwei ewige Bäume, die nebeneinander stünden.«

Ellen machte eine Pause.

Dann sprach sie: »John Savage, der mein Mann war, und ich, wir wünschten uns das auch. Und ich kann es nicht so schnell vergessen. Kannst du das verstehen, Clay Brody? Kannst du warten?«

Ich nickte nur.

Einige Tage vergingen. Nicht nur wir, sondern auch alle anderen Rancher außerhalb unseres Canyons – also im ganzen Becken – achteten auf fremde Fährten oder irgendwelche Reiter, die vom Rim heruntergekommen sein konnten.

Am vierten Tag kam Hank Stonebreaker zu uns geritten. Ellen lud ihn zum Mittagessen ein. Aber nach dem Essen gab es ein ernstes Gespräch.

»Wir alle haben eure Nachricht erhalten«, begann er und sah noch einmal Ellens Bruder an. »Erzählen Sie mir noch mal, was Sie oben auf der Mesa gesehen haben.«

Tom Farley tat es mit ruhigen Worten und sprach zum Schluss: »Es gibt für die Schafherden dort oben nur zwei Möglichkeiten – und das sagten mir ihre Revolverreiter. Sie müssen vor Winteranbruch entweder herunter auf unsere Blaugrasweide oder von der Mesa zurück nach Nordosten in die Painted Desert, die Bunte Wüste, wenn sie überleben wollen. Und da ziehen sie natürlich das Tonto Basin vor. Mister Stonebreaker, wir müssen hinauf und sie alle in die Bunte Wüste jagen, bevor sie herunterkommen. Und wieder sind es Revolverreiter, gegen die wir kämpfen müssen.«

»Sagen Sie Hank zu mir, Tom«, murmelte Hank Stonebreaker und dachte gründlich nach. Dann aber sprach er entschlossen: »Ich habe schon mit meinen Nachbarn gesprochen, und wir wurden uns darin einig, dass auch wir Revolverreiter anwerben müssen. Wir lassen sie aus Tucson und von der Grenze kommen. Mit unseren Cowboys allein können wir die Schafherden nicht in die Bunte Wüste jagen. Basta.«

Er schlug mit der flachen Rechten auf den Tisch und erhob sich.

»Ich werde das alles in die Wege leiten. – Wir brauchen zwei oder drei Dutzend Revolverreiter. Die kosten Geld. Also müssen wir zusammenlegen. Können Sie Ihren Anteil aufbringen, Ellen?«

»Ich kann«, erwiderte diese. »Ich habe noch Ersparnisse.«

»Nicht nur du«, mischte ich mich ein. »Und ich auch.« Tom Farley grinste hart und ohne jede Freundlichkeit. »Führen wir also einen Krieg!«

Hank Stonebreaker wollte von der Veranda und zu seinem Sattelpferd gehen.

Aber ich hielt ihn noch mit den Worten auf: »Das ist nicht genug, Hank.«

Er hielt inne, wandte sich mir zu und sah mich fragend an.

Und so sprach ich weiter: »Das Übel kommt von Salt Lake City her, von der Mormonenstadt. Dort sitzt der Auftraggeber, von dem schon Brian Roberts bezahlt wurde. Es ist die Merville Company. Und sie wird nicht aufgeben und es immer wieder versuchen. Wenn wir die Schafherden in die Bunte Wüste vertrieben haben, müssen Tom Farley und ich nach Salt Lake City. Dort in der Nähe muss es den kleinen Ort Merville geben. Wenn wir da angekommen sind, werden wir sehen...«

Ich brach ab.

Und Hank Stonebreaker sah mich schweigend an, denn ihm wurde klar, dass Tom Farley und ich dorthin reiten würden, um zu töten, wenn es nicht anders ging.

Indes er uns ansah, da wurde er sich darüber klar, dass Tom und ich Revolvermänner waren.

Nach einigen schweren Atemzügen nickte er und

ging wortlos von der Veranda zu seinem Pferd, ritt trabend davon.

Ellen sagte flüsternd: »Warum gibt es keinen Ausweg?«

Aber wir konnten ihr keine Antwort geben.

Erst nach einer Weile sagte Tom: »Schafe... Mit ihnen kann man Land erobern. So einfach ist das.«

Abermals vergingen einige Tage. Nun fanden wir da und dort Fährten, die nicht von uns und unseren Reitern stammten.

Und schließlich stießen Tom Farley und ich auf ein verborgenes Camp in einem dichten Waldstück, in das die Fährten führten.

Wir fanden drei Männer an einem rauchlosen Feuer, über dem sie Fleisch brieten und in einer Pfanne auch Tortillas herstellten.

Als wir bei ihnen ankamen, erhoben sie sich wachsam und hatten ihre Hände griffbereit hinter ihren Revolverkolben hängen.

Ich saß ab und näherte mich ihnen. Dabei sagte ich ruhig: »Ich wette, ihr stinkt nach Schafen.«

»Und wenn?« So fragte einer.

»Dann müsst ihr wieder hinauf auf die Mesa. Und dort könnt ihr allen von eurer Sorte sagen, dass es verdammt gefährlich ist, herunter ins Rinderland zu kommen.«

»Dies ist ein freies Land. Und weil das so ist, können wir überall hin« sprach einer trotzig.

»Nicht, wenn ihr nach Schafen stinkt!«, beschied ich ihm. »Also los, packt eure Siebensachen zusammen und reitet nach dort zurück, von wo ihr gekommen seid. Ich erweise euch wahrhaftig so etwas wie Schonung.«

»Vielleicht bist du nur ein großmäuliger Bluffer«, erwiderte einer trotzig.

»Dann probiert es mal aus, ihr drei Narren.«

In meiner Stimme war nun der Klang von trügerischer Freundlichkeit. Sie hätten die Gefahr spüren müssen, aber das taten sie nicht.

Und so klatschten sie mit ihren Händen gegen ihre Revolverkolben, so als hätten sie dies als Kleeblatt eingeübt, weil sie ja Revolverreiter waren.

Es sollte eine Drohung sein.

Ich aber zeigte ihnen, wie schnell ein wirklicher Revolvermann die Waffe herauszaubern kann. Und so erschraken sie und hielten den Atem an.

Denn sie begriffen in diesem Sekundenbruchteil, dass sie fast schon so gut wie tot waren.

Jetzt endlich begriffen sie, dass ich kein großmäuliger Bluffer war und nahmen ihre Hände von den Kolben, so als wären diese plötzlich glühende Eisen.

»Schon gut, schon gut, Mister!« Einer von ihnen stieß es heiser hervor.

»Dann sind wir uns ja einig«, bekamen sie von mir zu hören.

Und Tom Farley, der hinter mir noch im Sattel saß, lachte mit einem Klang von Verachtung und fragte dann: »Was zahlt man euch als Revolverlohn? – Ich wette, ihr bekommt nur doppelten Cowboylohn. Und für dieses Geld bekommt man nur Pfeifen von eurer Sorte.«

Sie fühlten sich beleidigt. Einer stieß drohend aus: »Ihr werdet schon noch unsere zweibeinigen Tiger kennen lernen.«

»Und diese uns«, lachte Tom.

Nun, wir machten den drei Kerlen Beine, begleiteten sie aus dem Canyon hinaus in Richtung zum Rim der Tonto Mesa und sahen ihnen noch lange nach.

Tom sagte: »Ich denke, sie sickern überall ein ins Becken. Wir müssen hinauf und ihnen dort oben die Hölle heiß machen.«

Ich nickte nur, denn ich sah es wie er. Und so stieg in mir wieder dieses bittere Gefühl der Ausweglosigkeit hoch.

Aber eigentlich waren wir zu vergleichen mit Ureinwohnern eines Landes, welches von Eroberern angegriffen wurde.

Und diese Situation hatte es von jeher schon auf allen Kontinenten gegeben.

So waren die Menschen nun mal – und sie würden es immer sein, bis sie sich eines Tages gegenseitig auf dieser Erde vernichtet hatten. Denn ihre Waffen wurden immer furchtbarer.

Aber was konnten wir hier im Tonto Basin dagegen tun?

Eroberer kann man nur mit Gewalt aufhalten.

Es war vier Tage später, als Hank Stonebreaker mit der gesamten »Kriegsmacht« der Rinderzüchter vom Tonto Basin bei uns auf der Lone Star Ranch eintraf.

Ja, man konnte dieses Aufgebot wahrhaftig eine Kriegsmacht nennen.

Denn wir würden in einen Krieg reiten.

Ich sah, dass außer den Cowboys der Ranches noch eine andere Sorte von Reitern zum Aufgebot gehörte.

Ja, es waren Revolverschwinger aus Tucson und von der Grenze, vielleicht sogar von Nogales her.

Mehr als ein halbes Hundert Reiter waren wir nun, und Tom und ich würden sie anführen.

Der Hof unserer Ranch glich einem kleinen Heerlager.

Wir würden bei Nachtanbruch losreiten. Denn eine helle Nacht war zu erwarten.

Als ich drinnen im Ranchhaus von Ellen Abschied nahm, saßen sie draußen schon in den Sätteln. Auch Tommy war draußen, denn für ihn waren die vielen Reiter ja ein besonderes Erlebnis.

Er spürte und begriff auch die außergewöhnliche Situation und wünschte sich gewiss, er würde erwachsen sein und mit dem Aufgebot reiten können.

Ellen und ich, wir standen uns einige Atemzüge lang wortlos gegenüber.

Aber wir spürten dennoch, was jeder von uns sagen würde, würde er reden.

Ellen sprach dann: »Komme wieder, Clay. Ich würde sonst um dich weinen, so wie ich um meinen Bruder weinen würde – und um John geweint habe, der ja mein Mann war, der Vater meines Sohnes. Ja, ich würde bitter um dich weinen, würdest du mir verloren gehen.«

Einen Moment schien es so, als würde sie dichter an mich herantreten, um mich zu umarmen und zu küssen.

Sie war eine Frau, die zu starken Gefühlen fähig war.

Doch noch hatte sie John Savage nicht vergessen. Er war noch zu stark in ihr vorhanden mit all den Erinnerungen an die schönen Jahre.

Ich dachte wieder an die Geschichte von Philemon

und Baucis und an deren Wünsche, nach dem Tod als zwei Bäume nebeneinander zu stehen.

Und das hatten sich John und Ellen auch gewünscht.

Ich fragte mich in diesem Moment, ob sie wohl überhaupt jemals wieder einen anderen Mann lieben konnte.

»Ich komme gewiss wieder zurück«, sagte ich ruhig.

»Du würdest heim zu deiner Familie kommen«, flüsterte sie.

Es war ein Versprechen. Dies erkannte ich in ihren Augen.

Und da ging ich, ohne sie in die Arme zu nehmen, aber voller Hoffnung.

Draußen warteten sie schon.

Als ich aufsaß, formierten wir uns.

Am Himmel waren nun Mond und Sterne.

Und wir ritten in den Krieg, der dort oben auf der Mogollon Mesa stattfinden würde.

14

Gegen Mitternacht erreichten wir eine der wenigen Aufstiegsmöglichkeiten. Es war jene, die ich damals benutzt hatte, um abwärts kommen zu können.

Und dann war ich nach Tonto Lodge geritten und hatte Ellen kennen gelernt.

Damals hatte ich mehr als zwei Stunden bis hinunter ins Tonto Basin benötigt.

Doch jetzt ging es bergauf. Manchmal mussten wir

aus den Sätteln und die Pferde hinter uns herziehen. Es ging über bewaldete Terrassen, Felsrinnen hinauf und über Wiesenhänge.

Aber es gab nirgendwo den Kot von Schafen. Sie waren also alle noch oben.

Und vielleicht hatten auch die anderen Herden die wenigen sonstigen Abstiegsmöglichkeiten noch nicht benutzt.

Sie warteten wahrscheinlich noch ein wenig mit dem Abstieg, damit noch mehr von ihren Revolverreitern hinunter ins Becken gelangen und dort einsickern konnten, so wie jene drei Reiter, die wir im Wald fanden.

Nun, es war ein beschwerlicher Weg nach oben, und so war es fast schon grauer Morgen, als wir über den Rim kamen, uns sammelten und verschnauften.

Der Himmel war grau. Die Luft war kühl. Hier oben konnte man schon den nahen Herbst wittern. Das Laub der Bäume begann sich zu färben. Nur die Nadelbäume behielten ihre Farbe, wirkten dunkel und geheimnisvoll.

Als unsere Pferde nicht mehr schnauften, schnaubten und scharrten, es also stiller wurde, nicht mal mehr die Sättel knarrten und das Metallzeug klimperte, da hörten wir es in der Ferne.

Es war das tausendstimmige Bähen einer Schafherde, die jetzt im Morgengrauen erwachte und von ihren Hirten in Bewegung gebracht wurde.

Auch einige Hunde bellten.

Wir alle hörten es, und ich war mir sicher, dass alle anderen Reiter rechts und links neben mir das gleiche Gefühl spürten wie ich, nämlich Verachtung, Mitleid und Zorn zugleich.

Diese Schafe waren friedliche und hilflose Tiere, die nichts anderes wollten als Gras fressen. Und dabei mussten sie beschützt werden vor dem Raubwild. Sie mussten ständig wandern, weil sie jede Weide schnell kahl fraßen.

Sie waren zu zahlreich. Eine kleine Schafherde konnte man auf jeder Weide halten. Aber solche Riesenherden, die sich ständig vermehrten, weil ihre Böcke fleißig ihre Bestimmung erfüllten, die ihnen von der Schöpfung aufgegeben war, die waren bedrohlich wie ein Element, eine Plage.

Und so hassten wir Rinderleute diese Tiere an diesem grauen Morgen besonders stark, so wie man nun einmal jede Bedrohung hasst.

Tom Farley hielt neben mir. Ich hörte ihn heiser sagen: »O Vater im Himmel, vergib uns. Aber wir müssen es tun, verdammt!«

Er wandte sich an mich. »Wollen wir?« So fragte er heiser.

»Vorwärts!« Dies knurrte ich.

Denn auch ich spürte in mir den bitteren Geschmack einer unangenehmen Pflicht.

Wir ritten an, durchquerten eine Felsbarriere brauner, verwitterter Felsen, die seit Ewigkeiten zwischen dem Grün hoher Fichten standen und immer mehr verwitterten, sodass sie in einigen tausend Jahren vielleicht nicht mehr vorhanden sein würden.

Es gab genügend Durchgänge, und so ritten wir in Doppelreihe wie eine Armeeabteilung.

Dann aber wurde alles anders.

Vor uns tat sich eine Ebene auf.

Und hier fraßen an die zehntausend Schafe ihr Morgenfrühstück. Sie waren überall verteilt und bewegten sich uns entgegen. Sie würden an diesem Tag vielleicht nur eine einzige Meile fressend zurücklegen.

Aber hinter sich ließen sie eine zerstörte, bis auf die Graswurzeln abgenagte Weide und all den stinkenden Kot zurück.

Unsere Doppelreihe formierte sich zu einer breiten Front.

Dann hielten wir noch einmal an.

Die Hunde der Hirten hatten uns gewittert und kamen bellend herangejagt.

Für diese Hunde war alles Fremde eine Bedrohung, also auch wir. So wie jetzt gegen uns, so gingen sie auch gegen Bären, Pumas, Wölfe, Coyoten und anderes Raubwild an.

Ihr geifernder Lärm aus vielen Kehlen warnte die Hirten und deren Beschützer.

Ja, hinter den Hunden kamen Reiter. Sie waren keine Hirten, denn diese gingen zu Fuß. Diese Reiter waren Revolverreiter, die Beschützer der Herde.

Doch dann sahen sie unsere breite Front und erkannten unsere zahlenmäßige Überlegenheit. Sie drehten ab und ergriffen, ohne einen einzigen Schuss abzugeben, die Flucht.

Was hätten sie auch anderes tun können?

Nur die Hunde umtanzten uns, schnappten nach den Fesseln unserer Pferde.

Und da fielen auch schon die ersten Schüsse und starben die ersten Hunde, die ja eigentlich nur ihre Pflicht taten, jedoch von den Hirten nicht zurückgerufen wurden.

Wir ritten vorwärts und erreichten den ersten Hirtenwagen, neben dem zwei der Hirten standen. Sie starrten uns stumm und ergeben entgegen, und so waren sie für uns ebenso hilflos wie ihre Schafe.

Einige unserer Reiter warfen ihren zweirädrigen Hirtenwagen um, zerschossen den Ölbehälter der Lampe. Das auslaufende Öl brannte sofort, und so hatte auch der Wagen mit ihren wenigen Habseligkeiten keine Chance.

Ich ritt dicht genug an die beiden Hirten heran, die nun von den überlebenden Hunden umgeben wurden. Doch die Hunde bellten nicht mehr, versuchten unseren Pferden auch nicht mehr an die Fesseln zu gehen.

Ein paar Worte der Hirten hatten genügt, um ihnen das Leben zu retten.

Ich blickte im Morgengrauen vom Sattel aus in die stoisch wirkenden Gesichter, erkannte dann jedoch das Funkeln im Hintergrund ihrer schwarzen Augen. Sie waren mexikanischer Abstammung.

Und so sprach ich in ihrer Sprache zu ihnen, die ich ja als Texaner schon als Kind lernen musste, weil es in Texas fast mehr Mexikaner gab als Abkömmlinge von Angloamerikanern: »Hombres, ihr müsst umkehren mit eurer Herde. Ihr müsst in die Bunte Wüste ziehen und zurück nach Utah. Oder ihr werdet sterben.«

Sie hörten meine Worte und senkten die Köpfe.

Dann sprach einer: »Señor, wir sind nur die Hirten und sorgen für unsere Ovejas. Und sonst tun wir, was man uns sagt. Wir werden also umkehren. Doch ich bitte Sie, Señor, verbrennen Sie nicht auch die anderen Hirtenwagen. Sie sind unsere ganze Habe. Wir ergeben uns unserem Schicksal, aber vernichten Sie nicht alles, was wir haben. Unsere Herde wird in der Bunten Wüste wegen Wassermangel wahrscheinlich umkommen. Doch das kümmert Sie gewiss nicht, Señor. Wenn Sie kämpfen wollen, dann müssen Sie das mit den Revolverreitern tun, nicht mit uns.«

Als er verstummte, da spürte ich irgendwie seinen hilflosen Stolz.

Und so fragte ich nur noch: »Wie viele Herden sind hier oben?«

»Fünf, Señor, fünf mit dieser hier. Und die sechste wurde vor Wochen über den Rim in die Tiefe gejagt. Das war ein Verbrechen gegen die Geschöpfe Gottes.«

Ich erwiderte nichts. Was hätte ich ihm auch erwidern können?

Und so wandte ich mein Pferd und rief den anderen Reitern zu: »Weiter!«

Wir ritten wieder an. Es war inzwischen hell genug geworden, sodass wir die frische Fährte der geflüchteten Revolverreiter gut erkennen konnten.

Ich wusste, es würde sich bald alles, was hier geschah, wiederholen.

Doch wenn wir im Laufe des Tages – vielleicht erst gegen Abend – die letzte der fünf Herden erreichten, dann würden die Revolverreiter nicht mehr flüchten.

Sie waren dann zahlenmäßig fast so stark wie wir, denn sie hatten ja die vor uns geflüchteten Gruppen aufgenommen.

Wollten sie sich ihren Revolverlohn verdienen, dann mussten sie sich uns stellen.

Und so kam es auch. Wir ritten auf der Mogollon Mesa von einer Herde zur anderen, legten jeweils einige Meilen zurück, mussten durch Wälder, über Felsbarrieren, durch Schluchten und durch Bäche. Es war ein herrliches, wildes Land.

Und es gab immer wieder große Weideflächen.

Es wiederholte sich bei jeder Herde alles. Nur Hirtenwagen zerstörten wir nicht mehr. Diese Schafhirten waren für uns keine Gegner. Eigentlich taten sie uns Leid.

Für die Besitzer der Schafherden – mochte es einer oder mehrere sein – waren sie kaum wichtiger als ihre Hunde. Sie hatten für die Herden zu sorgen und diese von einer Weide zur anderen zu bringen.

Es war am späten Nachmittag, und die Schatten wurden immer länger, als wir die letzte Herde erreichten.

Längst war sie von unserem Kommen gewarnt worden.

Als wir um eine Wald- und Felseninsel herumkamen, da erwarteten sie uns.

Zwischen uns und der großen Herde, die von Hirten, Hunden und vier Hirtenwagen umgeben war und deren Durchmesser gewiss eine ganze Meile betrug – denn sie rastete fast kreisrund auf der Grasebene –, da wartete die Front der nun vereinigten Revolverreiter der Schafzüchter.

Wir hielten an und bildeten ebenfalls eine Frontlinie.

Tom Farley und Hank Stonebreaker hielten links und rechts neben mir.

Es war alles ganz einfach.

Stonebreaker sagte es ruhig und ernst mit den Worten: »Welche Mannschaft wird nun den besseren Charakter haben? Was für eine Sorte Revolverschwinger haben wir uns eingekauft, damit sie das Rückgrat unserer vereinigten Mannschaften sind?«

»Das werden wir gleich sehen«, erwiderte ich.

Dann stieß ich den Angriffsschrei der Konföderierten aus und ritt dabei an.

Und als sie den Rebellenschrei rechts und links von mir aufnahmen, da wusste ich, dass sie fast alle mal für den Süden gegen die Yankees ritten.

Und da drüben, das waren Yankees aus dem Norden, die mal für die Unionsarmee ritten, im Krieg das Kämpfen und Töten lernten und nach dem Krieg Revolverreiter wurden, nachdem sie vorher vielleicht Guerillas gewesen waren.

Und so war es nochmals wie damals im Krieg Nord gegen Süd.

Wir ritten aufeinander los, um uns gegenseitig umzubringen oder in die Flucht zu schlagen.

Und hinter unseren Gegnern, da ruhte die unschuldige Schafherde und warteten die Hirten mit ihren Hunden.

Es wurde ein böser Kampf, und ich will hier nicht in allen Einzelheiten schildern, wie wir uns gegenseitig umzubringen versuchten, Blut vergossen und es Tote gab.

Dieses gegenseitige Töten ist nicht der Sinn meiner Geschichte, die ich hier aus der Erinnerung niederschreibe.

Als es Nacht wurde, war der Kampf beendet. Wir hatten sie in die Flucht geschlagen. Ja, wir konnten uns als Sieger fühlen. Doch das taten wir gewiss nicht. Denn wir hatten einen hohen Preis gezahlt. Wir konnten nicht einmal triumphieren.

Die Revolverreiter der Schafzüchter waren nach Norden geflüchtet. Gewiss würden sie nicht wiederkommen.

Und die fünfte Herde würde am nächsten Tag ebenfalls umkehren. Da waren wir sicher.

Wir sammelten unsere Toten und Verwundeten ein, schlugen ein Lager auf.

Die Hirten der Herde kümmerten sich um ihre verwundeten Revolverreiter und begruben die Toten.

Es war eine seltsame Stimmung auf der Mesa, denn wir alle spürten den Todeshauch, der über allem wehte.

Und die strahlenden Sterne über uns, die machten alles noch kälter und trostloser. Denn sie nahmen keinen Anteil.

Hank Stonebreaker kam zu Tom und mir. Wir hockten bei Horty Bush am Feuer und holten eine Kugel aus seiner Schulter. Horty stöhnte und knirschte. Dann war es überstanden.

Wir sahen zu Hank Stonebreaker auf. Er sprach bitter zu uns nieder: »Fünf Tote und neun mehr oder weniger böse Verwundete. Sieben tote Pferde, einige andere verwundet. Das ist ein hoher Preis für unsere Weide im Tonto Basin. Wenn wir nur sicher sein könnten, dass nicht irgendwann wieder alles losgehen würde.«

Wir schwiegen einige Atemzüge lang.

Dann sagte ich ruhig: »Dafür werden Tom und ich sorgen. Denn wir reiten nach Utah, besuchen die Merville Company und finden heraus, wer dahinter steht und die Schafherden ins Tonto Basin schicken wollte. Sorgt ihr nur hier dafür, dass die Herden wirklich in die Bunte Wüste abwandern.«

Als Hank Stonebreaker das hörte, verharrte er einige Atemzüge lang stumm.

Dann murmelte er: »Wer in Merville auch dafür verantwortlich sein wird, er hat all die Toten und das Blutvergießen zu verantworten. Wie konnte man nur eine solche Menge Schafe losschicken, um Rinderweiden zu erobern. Das konnte nur ein Despot aus Machthunger tun. Wer es auch ist, er muss verrückt sein.«

Er machte eine Pause, sprach dann heiser: »Ihr werdet ihn töten müssen. Gewiss lässt er sich beschützen. Ihr werdet eine Menge auf euch nehmen müssen.«

»Wer könnte oder würde es sonst tun wollen?« So fragte Tom Farley. »Es begann damit, dass man den Mann meiner Schwester abschoss. Und jemand hat das zu verantworten, weil er dafür Killerlohn zahlte. Ich bin neugierig auf diesen Burschen.«

15

Wir brachen am nächsten Morgen auf und suchten uns einen Weg nach Nordosten durch den Bear Canyon. Es war der Weg, den auch die Schafe nach Südwesten gekommen waren.

Wir sahen ihre breiten Fährten. Hier wuchs kein Halm mehr. Und so hätte auch die Rinderweide drunten im Tonto Basin ausgesehen, würden sie weiter nach Süden durchgezogen sein. Sie hätten einen Winter und einen Frühling lang alles kahl gefressen und ihren stinkenden Kot zurückgelassen und wären dann nach dieser Zerstörung weitergezogen.

Uns wurde übel bei diesen Gedanken.

Es war ein weiter Weg nach Utah. Wir mussten nur den stinkenden Fährten der Schafe folgen. Viele Wochen lang waren sie wohl unterwegs gewesen, nachdem man sie in Utah gesammelt und in sechs Herden aufgeteilt hatte.

Tom und ich, wir passten gut zusammen. Ja, wir waren Freunde geworden.

Einmal unterwegs – es war am dritten Tag, als wir am Feuer hockten und uns Pfannkuchen mit Speck brieten –, da sagte er plötzlich: »Clay, ich wäre froh, wenn Ellen eines Tages John vergessen könnte und deine Frau würde. Könntest du dir ein Leben mit ihr auf der Lone Star Ranch vorstellen?«

Ich nickte stumm.

Dann aber sprach ich nachdenklich: »Mein Leben käme dann wieder in Ordnung. Ich würde zurückgelangen zu meinem Leben vor dem Krieg. Du weißt ja, ich wurde ein Revolvermann und Spieler. Aber das kann doch nicht der Sinn eines Lebens für einen Mann sein. Little Tommy ist mir ans Herz gewachsen. Und Ellen...«

Ich verstummte. Was sollte ich ihm auch sagen? Er wusste längst, dass ich Ellen haben wollte, weil sie die Frau war, die ich mir in meinen Vorstellungen gewünscht hatte, wobei ich stets glaubte, dass sie mir niemals begegnen würde.

Er nickte mir über das Feuer hinweg zu.

»Du wirst sie bekommen.« Er grinste. »Da bin ich sicher. Und Tommy wird dein Sohn werden. Vielleicht schaffst du auch selbst einen, hahaha.«

Ich lächelte nur. Und ich mochte ihn. Er war wirklich mein Freund.

Und echte Freunde hat man gewiss nicht oft im Leben.

So ist das nun mal.

Wir ritten am nächsten Morgen weiter. Unser Weg führte uns auf der stinkenden Fährte durch die westliche Bunte Wüste. Es hatte einige Male geregnet. Dies war nicht selten um diese Jahreszeit.

Und so war das Land nicht ganz so wüstenähnlich. Es blühten Herbstblumen, obwohl das Laub der Bäume und Sträucher jeden Tag bunter wurde.

Die Tage waren warm, doch die Nächte kalt.

Und jeden Tag näherten wir uns an die fünfzig Meilen Salt Lake City in Utah.

Unser Proviant ging zur Neige. Und so ritten wir vor den Store einer Agentur der Post- und Frachtlinie und saßen ab.

Denn wir hatten jetzt den Wagenweg nach Salt Lake City erreicht.

Tom hatte mich unterwegs einmal gefragt, was ich über die Mormonen wisse. Nun, ich wusste ein wenig von ihnen, denn diese Kirche der »Heiligen der letzten Tage« hatte mich interessiert, schon allein wegen der Vielweiberei. Denn das interessierte wohl jeden Mann. Und so erzählte ich Tom Farley, was ich wusste.

»Es gab da im Jahre 1823 einen Burschen namens Joseph Smith bei Palmyra, New York. Dem soll in diesem Jahr der Engel Moroni erschienen sein und ihm einen geheimen Platz genannt haben, an dem die goldenen Gesetzestafeln liegen sollten. Und die holt sich Joseph Smith vier Jahre später und nennt sie das ›Buch Mormon‹. Mit anderen jungen Männern gründet er die

Kirche der ›Heiligen der letzten Tage‹, und die machen sich überall unbeliebt. Ja, sie werden verfolgt, eingesperrt, ihre Predigten über das Buch Mormon werden verboten. Abgesehen von ihrem religiösen Fanatismus sind sie sehr fleißig und arbeitsam. Sie bilden Kollektive und bringen durch ihre Geschäftstüchtigkeit andere Bürger in Existenznöte. Sie werden moralisch und menschlich Fremdkörper in der bürgerlichen Gemeinschaft. Die Mormonen-Sekte wächst unheimlich schnell und zwingt anderen Menschen in fast allen Bereichen ihre Bedingungen auf. Und so werden sie bald gefürchtet und gehasst. Sie gründen Städte und bringen viele Landstriche zur Blüte. Ja, sie sind durch ihren fanatischen Eifer überall erfolgreich. Ihre Stadt Independence wird 1833 von fünfhundert Reitern überfallen und zerstört. Das Jackson County wird von Mormonen gesäubert. Man jagt sie aus dem Land, ja, man peitscht sie hinaus, wenn sie nicht freiwillig gehen. Und so beginnt die große Flucht der Mormonen nach Westen. Noch einmal gründen sie eine große Stadt mit Namen Mauvoo und errichten dort einen mächtigen Tempel. Aber sie können sich auch dort nicht halten. Ihre Anführer kommen ins Gefängnis von Karthago und werden vom Mob getötet. Die Verfolgungen steigern sich von Jahr zu Jahr. Und so bricht ihr neuer Führer Brigham Young im Februar 1846 mit dem ersten Wagenzug weiter nach Westen auf. Sie müssen über den gefrorenen Mississippi und erreichen nach einem langen Treck und vielen sich abspielenden Tragödien im Juli 1847 den großen Salzsee in Utah. Dort verkündet Brigham Young: »Wir haben unser ›Zion‹ gefunden! Das hier ist unser Platz.« Nun, es war ein schreckliches Land, eine kahle Wüste aus Salz und nacktem Gestein,

ein Land wie die Hölle. Aber sie setzten sich dort fest. Nach ihnen kamen in den folgenden Jahren viele Wagenzüge. Manche Pilger kamen mit Handkarren dahergezogen. Und viele starben unterwegs. Der Mormon Trail wurde zum Weg der Tränen. Doch vier Jahre später hatten die Mormonen das Salt Lake Valley zum größten Teil fruchtbar gemacht. Salt Lake City wurde eine große Stadt. Und Utah wurde bis heute – also gut zwanzig Jahre später – ein fruchtbarer Staat. Die Mormonenkirche wurde zur reichsten Kirche Amerikas. Und sie betreiben immer noch Vielweiberei, was ihnen die Ablehnung und Feindschaft aller anderen Frauen Amerikas einbringt. Das ist alles, was ich von den Mormonen weiß.«

Als ich verstummte, da staunte Tom Farley und murmelte dann: »Oooh, du weißt verdammt mehr als ich von den Mormonen. Und dorthin reiten wir jetzt. Sind sie am Ende die Besitzer der Schafherden? Wurden diese von ihnen nach Süden geschickt, um weiteres Land zu erobern?«

Ich zuckte mit den Achseln.

»Wir werden sehen«, erwiderte ich. »Aber es leben nicht nur Mormonen in Utah. Und wir wollen nicht nach Salt Lake City, sondern nach Merville, welches in der Nähe von Salt Lake City liegen soll. Wir werden sehen.«

»Ja, wir werden sehen«, murmelte Tom. »Und wir haben noch einen weiten Weg vor uns. Vielleicht sollten wir hier die Postkutsche nehmen. – Dies ist eine Pferdewechsel-Station. Wir könnten unsere Pferde hier in Pflege geben, müssten nur auf die nächste Postkutsche warten. Die müsste von Fort Apache kommen – oder?«

Ich nickte nur.

Dann fragte ich einen der Stationshelfer: »Wann kommt die nächste Post nach Utah?«

»Gegen Mittag, Mister. Aber sie ist meist bis auf den letzten Platz besetzt. Auch das Dach ist immer voller Gepäck.«

Nun, Tom und ich, wir warteten auf die Kutsche. Sie kam mit nur wenig Verspätung und war voll besetzt. Es wollten eine Menge Reisende von Fort Apache aus nach Salt Lake City.

Wir mussten also reiten. Gewiss brauchten wir noch eine Woche. Und immer würden wir neben der stinkenden Fährte der Schafherden reiten, diesem braunen, meilenbreiten Band, neben dem auch die Postkutschen fahren mussten.

Doch irgendwann würden wir in Merville ankommen. Es musste vor Salt Lake City etwas weiter westlich liegen.

Doch wer stand hinter der Merville Company?

Es war tatsächlich eine Woche später, als wir eine Wegegabel erreichten.

Geradeaus ging es weiter nach Salt Lake City, der Abbieger nach Westen ging nach Merville. Und die breite, braune Furche, die in den vergangenen Monaten von gewiss zweihunderttausend Schafhufen getrampelt wurde, meilenweit nach rechts und links abgefressen das Land bis auf die Graswurzeln, diese Furche kam aus Richtung Merville.

Wir befanden uns nun westlich der Wasatch Mountains und durchfurteten den Servier River, der in einem riesigen Halbkreis ein weites Gebiet einschloss.

Und dieses Gebiet – es hatte gewiss einen Durchmesser von fünfzig Meilen – war das Land, aus dem die Herden kamen. Hier wurden sie gesammelt, und hier hatten sie alles kahl gefressen. Denn ursprünglich musste es ein grünes Weideland gewesen sein.

Wir blickten von einem Hügelkamm über das braun und hässlich gewordene Land und sahen in der Ferne eine kleine Stadt, kaum mehr als ein Dorf.

»Das ist es wohl«, knurrte Tom Farley. »Wir sind am Ziel. Sieh dir dieses Land an, welches in einem großen Halbkreis von einem schönen Fluss umgeben wird. Nur am Fluss ist noch etwas Grün zu erkennen, weil es dort Büsche und Bäume gibt, die von den Stinkern nicht gefressen werden konnten. Dort die Häuser und Hütten, die sind der Geburtsort des ganzen Übels. Wir mussten einen Krieg austragen, mussten kämpfen und töten. Denn so wie dieses Land da vor uns, so hätte es nach einem Jahr im Tonto Basin ausgesehen. Hoffentlich verrecken die Stinker in der Bunten Wüste. Es sind zu viele. Wie kann man nur zulassen, dass sich so große Riesenherden bilden. Oh, verdammt, wer steckt dahinter?«

Ich gab ihm keine Antwort. Aber wir ritten wieder weiter.

Es waren nur noch wenige Meilen bis nach Merville. In der trockenen und klaren Luft war alles gut zu erkennen, selbst wenn es nur mäusegroß war.

Und indes wir ritten, sahen wir, wie sehr die Weide für Jahre ruiniert war. Die Herden mussten zuletzt Hunger gelitten haben. Denn sie hatten das Gras mitsamt den Wurzeln abgenagt.

Hier waren in nächster Zeit – nein, für Jahre vielleicht – weder Schafe noch Ziegen zu züchten, an Rinder gar nicht zu denken.

Wir näherten uns dem Ort und erreichten die ersten Hütten, dann die Häuser.

Es gab einen Store, ein Hotel und einen Saloon außer der Schmiede und dem Wagenhof der Postlinie nach Westen, also hinüber nach Nevada. Denn auch Frachtwagenzüge nahmen diesen Weg. Wir sahen es an den Radfurchen, die den Wagenweg prägten.

Langsam ritten wir in den Ort und sahen uns um.

Da und dort sahen wir Menschen, auch Frauen, die uns beobachteten, so wie man Fremde betrachtet in jedem kleinen Ort.

Vor der Sattlerei hingen viele Schafsfelle. Der Sattler saß vor dem Laden und arbeitete an einem Sattel.

Wir ritten an einem Haus vorbei, welches das ansehnlichste war im ganzen Ort.

Neben der Tür war ein Schild angebracht, auf dem zu lesen stand:

MERVILLE COMPANY

Mehr nicht.

Wir ritten daran vorbei und erreichten den Saloon.

Hier hielten wir an, stellten unsere müden Pferde an den Tränketrog bei der Haltestange und warfen die Zügelenden über den Balken.

Dann gingen wir sporenklingelnd hinein, und wir spürten die vielen Blicke, die auf uns gerichtet waren, fast wie körperliche Berührungen.

Es war später Nachmittag, fast schon Abend geworden. Und es war still im kleinen Ort, eigentlich zu still. Plötzlich spürten wir den Atem einer Gefahr.

Doch wo war sie?

Im halbdunklen Saloon waren keine Gäste. Nur hinter dem Schanktisch stand ein Mann, der eigentlich nicht wie ein Wirt aussah, eher wie ein Boss, der Befehle erteilt.

Er war groß, hager, aschblond und sichelbärtig. Selbst im Halbdunkel erkannten wir das Glitzern in seinen schrägen Wolfsaugen.

»Was soll's denn sein, Gentlemen?« So fragte er.

»Wenn Sie kühles Bier haben ... Und einen guten Whiskey.«

Meine Stimme klang ruhig, aber in mir war ein Lauern. Denn mein Instinkt warnte mich plötzlich.

Verdammt, was war hier los? Waren Tom und ich in eine Falle geritten? Hätten wir nicht so offen herkommen sollen?

Meine Gedanken jagten sich, indes der Mann uns bediente.

Er schob uns die vollen Biergläser hin, dann füllte er die Whiskeygläser.

Und bevor wir die Biergläser hoben, da sagte er: »Gentlemen, genießen Sie den letzten Drink Ihres Lebens. Ich habe Sie erwartet. Ihr Kommen wurde mir schon vor Tagen angekündigt. Einer meiner Leute, der Ihnen auf der Mogollon Mesa entkommen konnte, bekam einen Platz in der Postkutsche. Und er hat Sie mir genau beschrieben. Zwei Revolvermänner, die sich wie Brüder gleichen, sollen unterwegs sein. Willkommen also in Merville. Ich bin Herb Wellington, der Mann, dessen Herden Sie in die Bunte Wüste zurückschickten, wo viele meiner Schafe umkommen werden, selbst wenn es regnen sollte. Genießen Sie also Ihren letzten Drink. Denn ich bin sehr nachtragend.«

Er hatte nun alles gesagt.

Und wir sahen uns um.

Ja, wir waren eingekeilt im Saloon. Durch zwei Türen traten Männer ein mit Schrotflinten.

Und hinter dem Schanktisch erhoben sich zwei grinsende Kerle, deren Schrotflintenläufe abgesägt waren.

Es war alles sehr klar und einfach.

Ein einziger Mann war in der Postkutsche schneller gewesen, ein Bursche, der uns nach Norden hatte aufbrechen sehen nach dem Kampf. Vielleicht hatte er sogar in einem Versteck gehockt.

Herb Wellington sah mich an.

»Sie sind sogar mit Brian Roberts zurechtgekommen«, sprach er anerkennend. »Doch das hilft Ihnen hier nicht. Wenn Sie die Gläser geleert haben...«

Nun, Tom und ich, wir warteten nicht länger. Wir hatten auch kein Verlangen mehr nach Bier und Whiskey nach diesem langen Ritt.

Wir mussten uns nicht mal ein Zeichen geben, brauchten keinen Zuruf.

Wir zogen gleichzeitig, ließen uns fallen, schossen kniend.

Und dann brach die Hölle los.

O ja, wir bekamen eine Menge Schrot ab, aber unser Blei war schwerer und durchschlagskräftiger. Wir schossen auch durch die Holzverkleidung des Schanktisches. Und wir hörten erst auf mit dem Schießen, als unsere Revolver leer geschossen waren.

Zwölf Kugeln hatten wir abgefeuert.

Und auch die Schrotflinten waren leer.

Pulverdampf breitete sich aus.

Tom und ich, wir knieten immer noch und sahen uns an.

Tom Farley blutete. Sein Hemd färbte sich rot.

Und auch ich spürte die einsetzenden Schmerzen meiner Wunden.

Doch wir erhoben uns gleichzeitig.

Ich blickte hinter den Schanktisch.

Und da lag dieser Herb Wellington, der uns so großzügig einen letzten Drink spendieren wollte.

Er war tot.

Die beiden Kerle mit den abgesägten Schrotflinten, deren Kugelsaat über uns hinwegging, knieten noch und hielten sich die Bäuche. Denn unsere Kugeln trafen sie durch die Bretter.

Wir sahen uns nach den anderen Kerlen um, die durch die zwei Türen mit schussbereiten Schrotgewehren eintraten.

Sie lagen am Boden und stöhnten.

Tom und ich, wir luden unsere Revolver neu.

Denn vielleicht war es noch nicht vorbei und wir mussten noch weiter kämpfen.

Als wir unsere Revolver neu geladen hatten, sahen wir uns an.

Dann tranken wir das Bier, leerten die Gläser und stillten unseren Durst.

Dann erst nahmen wir den Whiskey.

Ja, es war guter Whiskey.

Ruhig stellten wir die Gläser auf den Schanktisch, sahen uns an, nickten uns zu.

Tom sagte: »Das schaffen wir.«

Und so gingen wir hinaus und saßen draußen auf.

Obwohl wir bluteten und Schmerzen spürten, ritten wir wie Sieger aus Merville.

Die Leute standen vor ihren Häusern und Läden und staunten uns an.

Der Sattler aber rief uns zu: »Das nützt alles nichts, denn das ganze Land ist ruiniert! Diese kleine Stadt wird sterben!«

Wir gaben keine Antwort, sondern ritten nach Osten in die heraufziehende Nacht hinein.

Nun, lieber Leser meiner Geschichte, wie ging es weiter?

Wir ritten bis Mitternacht und erreichten eine Postkutschen-Station.

Die Frau des Stationsmannes holte uns dann mit ihren Stricknadeln die Schrotkugeln aus den Wunden – mir sieben und Tom neun.

Dann lagen wir drei Tage in der Scheune auf Maisstroh und pflegten unsere Wunden, die wir mit einer Pferdesalbe bestrichen bekamen von der tüchtigen Frau, der wir das Honorar eines richtigen Docs zahlten aus lauter Dankbarkeit.

Am vierten Tag ritten wir weiter.

Und weil wir uns Zeit nehmen mussten, erreichten wir erst nach zwei Wochen den Rim der Mogollon Mesa, von dem ich damals an Toms Stelle hinunter zu Ellen geritten war.

Nun würden wir zu zweit hinunterreiten.

Die Schafherden hatten auch hier oben auf der Mesa ihre stinkenden Fährten hinterlassen. Doch hier oben weideten keine Rinder. Hier waren die Winter zu streng.

Die Natur konnte sich erholen.

Wir rasteten noch eine Nacht oben. Am Feuer brieten wir uns Forellen aus dem Tonto Lake. Und es tat gut, am Ende einer Fährte auszuruhen und an die Zukunft zu denken.

Tom Farley sagte: »Ich werde zurück nach Silver Hole gehen und mir den Marshalstern wieder anstecken. Sie haben mir dort versprochen, dass sie mir die Stelle freihalten. Und es gibt noch einen anderen Grund, warum ich zurück will.«

»Eine Frau?« So fragte ich.

Er nickte. »Ihr gehört das Hotel und eine Silbermine.«

Ich grinste ihn im Feuerschein an und sagte: »Dann würdest du eine Art Prinzgemahl sein – oder?«

»Nein, der Boss.« Er grinste zurück und wurde dann ernst. »Wir lieben uns wirklich. Und sie ließ mich reiten, um meiner Schwester zu helfen. Sie wird für mich gebetet haben.«

»Hoffentlich ist sie nicht zu fromm für dich.« Ich grinste ihn an.

Er schüttelte den Kopf. »Nein, die nicht. Rita Nelson ist nicht zu fromm. Die sündigt voller Freude mit mir. Denn solche Sünden machen das Leben schön. Hoffentlich sündigt meine Schwester bald mit dir.«

Es war am nächsten Mittag, als wir die Lone Star Ranch erreichten.

Ellen kam uns entgegen und warf sich in meine Arme, kaum dass ich abgesessen war.

Und als sie mir ihren Mund zum Kuss bot, da wusste ich, dass sich all meine Wünsche erfüllen würden.

Auch Tommy kam lachend herbei, sah zu uns auf und sagte: »Ich habe nichts dagegen, Clay, wenn du meine Mom küsst.«

ENDE

Sehr geehrte Leserin, sehr geehrter Leser,

Falls Ihr Buchhändler die **G. F. Unger-Taschenbücher** nicht regelmäßig führt, bietet Ihnen die ROMANTRUHE in Kerpen-Türnich mit diesem Bestellschein die Möglichkeit, diese Taschenbuch-Reihe zu abonnieren.

Hiermit bestelle ich bis auf Widerruf bei ROMANTRUHE, Röntgenstr. 79, 50169 Kerpen-Türnich, Tel.-Nr. 0 22 37/9 24 96, Fax-Nr. 0 22 37/92 49 70 oder Internet: www.Romantruhe.de

☐ - **G. F. Unger-Erstauflage**   Euro 22,50 = 6 Ausgaben
☐ - **G. F. Unger-Neuauflage**   Euro 45,00 = 12 Ausgaben.
(gewünschte Serie bitte ankreuzen.)

Die Zusendung erfolgt jeweils zum Erscheinungstag. Kündigung jederzeit möglich. Auslandsabonnement (Europa/Übersee) plus Euro 0,51 Porto pro Ausgabe.

Zahlungsart: ☐ - jährlich ☐ - 1/2-jährlich ☐ - 1/4-jährlich
                              ☐ - monatlich (nur bei Bankeinzug)
Bezahlung per Bankeinzug bei allen Zahlungsarten möglich.

Bitte Geburtsdatum angeben: ____ / ____ /19____

Name und Ort der Bank: _____

Konto-Nr.: _____ Bankleitzahl: _____

Name: _____ Vorname: _____

Straße: _____ Nr.: _____

PLZ/Wohnort: _____

Unterschrift: _____ Datum: _____
(bei Minderjährigen des Erziehungsberechtigten)

Die Bestellung wird erst wirksam, wenn sie nicht innerhalb von zwei Wochen ab dem auf die Aushändigung dieser Belehrung folgenden Tag schriftlich (zweckmäßigerweise per Einschreiben bei: Romantruhe, Röntgenstr. 79, 50169 Kerpen-Türnich) widerrufen wird. Zur Wahrung der Frist genügt die rechtzeitige Absendung des Widerrufs. Dies bestätige ich mit meiner

2. Unterschrift: _____ Datum: _____

Wenn Sie das Buch nicht zerschneiden möchten, können Sie die Bestellung natürlich auch gerne auf eine Postkarte schreiben.

G.F. Unger ist der erfolgreichste Western-Schriftsteller deutscher Sprache. BASTEI-LÜBBE veröffentlicht alle zwei Monate exklusiv seinen neuesten Roman.

Hunter

Sie sind ehemalige Kameraden und Weggefährten, Seite an Seite kämpften sie in einem blutigen Krieg und hielten zusammen wie Pech und Schwefel. Aber das gehört der Vergangenheit an, längst trennte sich Cap Hunter von den anderen und ritt seinen eigenen Weg. So ist er auch nicht sehr glücklich darüber, sie nach Jahren in Amity wiederzusehen. Denn inzwischen wurden sie zu vier berüchtigten und steckbrieflich gesuchten Banditen – und er ist der Marshal der aufstrebenden Silberstadt ...

3-404-45244-5